げんだつねこ

久慈 直子

目次

第一章　津猫の人生

げんだつねこ（幻駄 津猫）は、北海道積丹半島で、ニシン漁師の父と優しい母の間に一人っ子として生まれた。容姿端麗、活発な女の子で、村の人気者だった。当時ニシン漁は日々大漁で、幻駄家は潤っており、つねこはいつも素敵な洋服を着て、素敵な靴を履いて、真っ赤なピカピカのランドセルを背負い溌剌としていた。沢山のお友達が居て、毎日がキラキラしていた。もちろん両親には溺愛されており、つねこも父と母のことが大好きだった。

しかしつねこが小学六年生の時に、父親が台風の日に漁に出て強風に煽られ、船から転落して帰らぬ人となる。それからしばらくは父が残してくれた遺産と保険金で、母娘二人でなんの問題もなく、むしろ裕福に暮らしていたが、それも時間の問題である。つねこが高校生になる頃に母は働きに出ることとなる。

母の親友が近くにいると言うので、二人で海のある街、神戸へ移住し、母は夜の仕事を始める。二年で母は店のナンバーワンホステスとなり、生活は潤いを取り戻したが、夕刻になると「行ってきます」と出かける母の背中を見て、つねこは少し寂しい夜の時間を送っていた。

夜は母が作り置きしておいてくれた晩御飯を食べ、テレビを見てお風呂に入り、床について、少し本を読んでから眠った。

しかしつねこは心根が素敵で素晴らしい女の子なので、グレたり、寂しさを紛らわすために夜の街に遊びに出たりなどはせず、部活が終わると、神戸の身寄りのない子供たちの施設に通い、共に歌を唱い、絵を描き、小さな女の子と洋裁をして素敵なドレスを作ったり、男の子にはカブトムシの捕り方を教え、子供たちの人気者だった。

が、つねこの弱点は「運動神経が切れている」ことであった。施設で鬼ごっこや竹馬遊びなどが始まると、つねこはいつもズタズタになっていた。

それでもつねこのまわりにはいつも笑いが溢れていた。毎日心と体を存分に使いくたくたになり、つねこは母のいない夜をぐっすり眠って健やかに過ごした。

高校生活も順風満帆であった。つねこには親友と呼べる友達が三人いた。雅美ちゃん、靖子ちゃん、浩江ちゃんの三人。

雅美ちゃんはいつもつねこを笑わせてくれた。

靖子ちゃんは、いつも「つねちゃん大好き」とそばにいてくれた。

浩江ちゃんは、いつもつねこが困っている時に助けてくれた。

つねこは勉学が優秀で、東大も視野に入れ受験勉強をした。そして、東大の外国語学科にストレートで合格。つねこは人と関わる仕事がしたかったので、将来は通訳者になろうと決めていたのである。

母の稼ぎもあり、学費払いも問題なく、母への感謝の気持ちでいっぱいだった。

東京での生活は父方の親戚の家を間借りして暮らした。そのお家が、界隈では有名な「鍋焼きうどん」のお店で、一日中お客さんの絶えない店だった。つねこも授業のない時はお店を手伝い、器量良しのつねこはお店の看板娘であった。そして、そのお店の常連客であった東大のゼミの幻駄教授と恋仲になり、歳は離れていたが楽しく素敵な交際をした。

大学時代のつねこはこうして、勉学も恋も友達との時間も充実していて、順風満帆だった。

そんな中、ドイツへの語学留学の話が持ち上がり、つねこはワクワクした。そして、学内の競争に勝ち、卒業を一年先延ばしにして、大学からの派遣として一年間の語学留学に行く事となる。

行き先はドイツのベルリン。当時はまだ西ドイツと東ドイツを分ける「ベルリンの壁」があり、つねこはよく西側の壁沿いを散歩した。東からこちら側へ来たい人たちが、この壁の向こう側に沢山いて、その人たちは、ソ連の管轄下にあって、抑制されているのかと思うと、いてもたってもいられなくなり、つねこはある夜、「壁に穴を空けよう」と決心する。もちろんトンカチや、ノコギリであの壁に穴を空けられるわけがないことはわかっていた。

……爆破……

これしかないと、つねこは爆竹を大量に購入し、サランラップの芯を百本集めて、そこに爆竹の火薬を詰め込み、二十本ずつをワイヤーでぐるぐる巻きにして、五つの爆破物を作った。

つねこがブサイクになってしまったのは、この爆破物の威力が思いのほか強かった為である。

一九八九年十一月八日。新月の夜に計画を実行したつねこは、導火線に火をつけた瞬間に大爆発が起こりぶっ飛んでしまい、ベルリンの壁に顔面から叩きつけられて、顔がぺっしゃんこになった。骨折でもない。外傷もほぼなかったのだが、何故かぺっしゃんこになったのである。

壁に空いた穴は、人が一人這い出せるほどの穴で、つねこはぺっしゃんこの顔でニコニコしていた。しかし後一日待てば、ベルリンの壁は崩壊されたのである。一九八九年十一月九日、つねこの空けた穴も何処へ？　と言う勢いで、壁は崩壊され、東ドイツからたくさんの人が走ってくる様子を、呆然とした気持ちで見ていた。つねこ二十三歳、ドイツの初冬の寒い日の出来事である。

ぺっしゃんこ顔になったつねこは、留学期間を終え日本に帰国した。学内では、容姿端麗だったつねこがぺっしゃんこの顔になって帰国したと言う噂が飛び交ってはいたが、すれ違っても、誰もあの容姿端麗で才女だったつねこだと気が付かなかった。お付き合いをしていた教授でさえも、最初は誰かわからないと言った。しかし教授はそんなつねこを相変わらず大切にしてくれた。

春が来て、つねこは大学を首席で卒業したのちに、外務省で通訳として働いた。そしてその三年後、教授と結婚した。つねこ二十六歳。

それを機に、つねこの母は夜の仕事を引退し、つねこ夫婦の家で同居を始め、ぺっしゃんこ顔の娘の顔を見ては毎日ケラケラ笑い、穏やかな老後を過ごした。同居を始めてから十年後に、つねこは男の子を出産し、孫もできた。それから十年後、つねこの母は七十七歳でこの世を去る。つねこ四十七歳。

三十七歳での出産は難産だったが、健康な男の子が生まれた。幻駄教授は細面の舘ひろし似。つねこもぺっしゃんこになる前は、吉永小百合のようなジャパニーズビューティーだったので、息子はこの上なく可愛い容姿をしていた。名前は幻駄教授が「圭」と命名した。

つねこは、ベビーカーに圭くんを乗せて、よく散歩をした。道ゆく人が、二度見するのは、圭くんが可愛すぎるのと、お母さんと子供があまりにも似ていなかったから。でもつねこはそんなことはお構いなしである。
　圭くんはよく笑った。手のかからない可愛い子供だった。

　圭くんが三歳になった頃に、つねこは自分にはなかったものを感じ始めた。公園に遊びに来ている同年代の子供たちに比べたら、断然運動神経が良いのである。つねこは「突然変異かな?」と不思議でならなかった。夫の幻駄は、学生の頃テニスをやっており、インカレで優勝をしたことがあるほどの腕前だったこともあり、「圭にテニスを習わせてみよう。それと同時に外国語も学ばせよう」と言い出した。
　テニスにはまった圭くんは、どんどん腕前を上げ、小学生になった頃には中学生にも負けないテクニックとパワーを身につけ始めていた。と共に、母譲りの語学能力が備わっていたので、テニスクラブに来ていた数人の他国の子供たちと、英語を流暢に使い会話ができるようになっていた。それにはつねこも心を震わせないわけがなかった。

その後、小学六年生で全国大会を制覇したのを機に、圭くんは単身で、アメリカのフロリダへ渡った。そこにはプロテニス養成学校があった。圭くんは語学力が高かったので、全寮制の暮らしも充実させていた。

両親は遠くから応援するのみであったが、圭くんはいつも両親を思い、遠くから手紙を書いた。時には、ホームシックにもなったが、心のコントロールもトレーニングの一環だと圭くんは父に言われたことを思い出し、テニスに集中する毎日を送った。

つねこは少し寂しい気持ちもあったが、優しい夫と頑張る息子に感謝し、日々仕事に精を出した。圭くんもジュニアの世界大会で時々名前が挙がりはじめるようになっていた。

圭くんがまもなく十六歳になろうとしていた日本の初冬。夫、幻駄が病に侵される。つねこは圭くんに心配をかけまいと、黙って看病をしたが、お正月が終わる頃に、幻駄はあっけなくこの世を去った。

大学教授だった夫の遺した遺産は、世間では驚きの額であったが、息子もプロテニスプレーヤーとして自立し始めていたので、遺産の半分以上を、自分が高校生の頃に通っていた施設に寄付をした。

一人暮らしとなったつねこは、夫が残してくれた芦屋にある豪邸を手放すかどうするか迷った挙句、圭くんが帰って来るところだけは整えておきたいと、家は手放さないことに決めた。

幻駄邸の隣は芸能人のTさんの邸宅で、つねこはTさんと親しくしており、お互いの家を行き来し、共にランチを作りあってワインを飲みながら食事を楽しむのが週末の楽しみであった。しかし、つねこは豪快に飲むのが悪い癖で、ついつい煽るようにワインを飲み、笑い転げて、酔い潰れて眠ってしまう。T

さんはそんなつねこを、嫌な顔ひとつせず毎週声をかけてくれた。

そして高校時代の親友、雅美ちゃんと、靖子ちゃんと、浩江ちゃんをよく自宅へ招いた。悪戯好きの雅美ちゃんは、よくつねこのぺっしゃんこ顔に落書きのようなお化粧をして、みんなでお腹を抱えて笑った。靖子ちゃんは一度、笑いすぎて腹筋が肉離れになって、救急車で運ばれたことがあった。浩江ちゃんも笑いすぎて、顎を外してしまい大騒ぎになって、隣のTさんを呼んで助けてもらったこともあった。四人は月例で芦屋の豪邸の庭やリビングで楽しい時間を過ごした。

ある夏の日、四人で庭にあるプールで遊んでいたら、運動神経のぶっちぎれているつねこが、腰までしかない深さのプールなのに溺れてしまい、三人は焦ってプールサイドにつねこを引きずり上げ、水を吐かせて救命したこともあった。四人は会うたびに「ええ歳こいて！」と、自分達で言い合いながら、高校時代と同じ気持ちに戻り、盛り上がった。

　プールサイドで遊ぶ時のつねこの水着はいつもド派手で、セパレートのハート柄や、豹柄、ピカピカのゴールドカラーなど、「どこで買ってきたん！」って言うようなもので、雅美ちゃんと靖子ちゃんと浩江ちゃんは、ぺっしゃんこ顔のつねこに似つかわしくない水着を、遠慮なく毎度毎度大笑いした。

　ある時は、プールで遊んでいる最中に、宅配屋さんがワインの沢山入った木箱の荷物を届けに来てくれて、つねこはハート柄のセパレート水着のまま玄関に行って荷物を受け取ったのだが、宅配屋さんは驚きすぎてぎっくり腰になり、大騒ぎになったことがあった。その時、つねこは献身的に彼を介抱し、親しくなり、宅配屋の彼は、仕事の後によく幻駄邸に遊びに来るようになった。親友三人が遊びに来る日は、彼も休みを取って遊びに来たりもした。

　彼の名前は「清彦」と言うのだが、つねこが「あんたは女子会男子の代表やし、きよひ子って、文字を改名しよな」と言って、ますます親交を深めた。つねこは自分にできない力仕事がある時には、きよひ子に来てもらい、手伝ってもらった。

つねこはこうして、日々を大切に生きていた。

そんなある日、玄関のドアから勝手に誰かが入ってきた。つねこは焦って玄関に出向いたら、息子の圭くんだった。フロリダにいるはずの圭くん。圭くんは母の顔を見るなり、笑い出して、

「ママはやっぱり人を幸せにする顔やな」

と言った。つねこは心がギュッとなって、うずくまって泣いた。

いつもは明るく屈託のないつねこだが、自分の容姿の事を、実はコンプレックスとして抱えていたのである。何より、息子の圭くんが、自分の母親の容姿が醜くて嫌なのではないかと思うと、悲しくなった。あの時に爆破物の完成度が高すぎたことを何度も悔やんだ。あの時、つねこは本気ではあったが、まさ

か自分がサランラップの芯で作った爆破物が、ベルリンの壁に穴を空けるほどの完成度の高いものになるとは、心の隅では思っていなかったのである。しかも、後一日待てば壁は崩壊したと言うのに。

そんな事たちを、つねこは心の真ん中の「後悔ゾーン」に鮮明に持ち続け、一日一度は悔やんでいたのである。夫と息子が、この容姿を恥ずかしいと思っていると思い込んで、何年も生きてきた。しかし、圭くんのその一言で、つねこの後悔の念はほぼ払拭された。

つねこは泣きながら、圭くんに抱きすがり、

「ありがとう、ありがとう」

と何度も言った。圭くんはそんな母の背中をポンポンと叩き、

「どうして泣いてるの？　ママには笑顔しか似合わへんよ」

と言った。つねこは涙でぐしょぐしょになったぺっしゃんこ顔で笑った。そして圭くんに、

「私がこんな顔で、圭くんは辛かったんじゃないん?」

と聞くと、圭くんは、

「なんで?　だって、ママの顔は素敵やと思うよ。だって人を笑顔にできるんやし。それとね、ママは心が綺麗やってことを、みんなが知ってる。心が荒んでいたらみっともないけど、そうじゃないでしょ。だからママが大好きで、自慢のママなんや」

と言ってくれた。つねこはポタポタと涙を落として、

「圭くん、もう少しだけ泣いてもええか?　これは嬉し涙やし許してな」

と言い、しばしうずくまって泣いた。

　圭くんは日本での大会のために帰国したとの事。一か月後に大阪で大きな大会があると言うので、しばらく圭くんは実家で過ごしながら調整をすると言うので、コーチたちも含め五人も家に泊めてもらいたいと言った。もちろんつね

こは了諾した。圭くんは、

「前もって連絡もせんと急に帰ってきて、こんなお願いをしてもママは気持ち良く受け入れてくれるねんな。僕はやっぱりママが大好きで、みんなに自慢したいよ！」

と言った。

Ｔｅａｍ　ＫＥＩのメンバーは、テクニカルコーチ・フィジカルトレーナーが二人、メンタルコーチ・栄養士。幻駄邸は賑やかになったが、つねこは特にいつもと変わらず日々を過ごした。

圭くんたちは、朝、家を出発して午後二時頃に帰宅した。そこからはいつも、庭のプールサイドでゆっくりと食事をとって、楽しそうに話をしていた。つねこは、そんな皆の話にはついていけないので、いつも通りスペシャルな水着を着て、プールで浮き輪にはまって、ぷかぷか浮きながら、立派になった息子とその仲間たちを見て幸せだった。

大会の日はもちろん観戦に行った。チケットを五枚もらったので、いつもの女子会メンバーで観戦に行った。つねこは圭くんが世界で戦えるテニスプレーヤーになってからは、息子がテニスをしているところを見た事がなかったので、嬉しくて嬉しくて、前の晩はおそらく眠れないだろうと思い、沢山ワインを飲んで眠ろうとしたのが仇となり、酔っ払いすぎて、翌朝起きる事ができなかった。圭くん達は早朝に家を出ていたので、つねこが寝坊している事など、もちろん知る由もない。しかし、テニスの試合は、午後五時からだったので事なきを得た。

昼に待ち合わせをして、ゆっくりランチをしてから会場へ行く約束だった。ランチに来ないつねこを心配して、親友達は何度も電話をした。そしてやっと電話に気がついたのが、午後二時。つねこは焦って、着る物も選ばず、昨日脱ぎっぱなしにしていた豹柄のシルクのバスローブを羽織り、玄関にあった麦わら帽子をかぶり、足元は、やはり玄関に脱ぎっぱなしでバラバラになっていたビーチサンダルを履き、呼んでいたタクシーに飛び乗った。

午後四時三十分、観客席に入る事ができた。つねこ達の席はもちろん最高の席で、お相撲で言うと、桟敷席。

圭くんはその日、世界ランキング三位の選手との勝負で勝った。

つねこは嬉しくて嬉しくて、何度も「ブラボ～ブラボ～」と叫んで、圭くんが子供の頃から大好きだったオレンジの炭酸飲料水をブンブン振っては、噴き出す泡を周りのみんなにかけて喜んだ。周りの人たちはネチョネチョになりながら笑っていた。

圭くんが、コートから母を見上げて、大きな声で「ママ！　ありがと～！」と叫んだ。それでつねこの様子がテレビに大きく映し出され、インタビュアーがつねこのところへやって来た。

「圭選手のお母様ですね！」と。しかし、つねこのファッションはイカしてなかった。バスローブに麦わら帽子にビーサンである。つねこはようやく酔いが覚めたように、急に恥ずかしくなり、走って逃げてしまった。

そんな初めての息子の勇姿を、つねこは後に、酒を飲む度に語った。

圭くんは大会後三日間、つねこと水入らずで奈良県吉野の洞川温泉で、美味しいお豆腐を食べて、きれいな川で遊び、夜は蛍の群れの中で散歩をして素敵な時間を過ごした後に、また海の向こうへ旅立った。


つねこの「良きところ」は、何事にも執着しないところである。息子にも執着しない。亡き夫にも執着しない。クヨクヨするのが性に合わないし、そもそも執着する根性がないのである。

だがつねこは、着るものと贈り物（贈られ物とでも言うのか）に関しては異様な執着があり、小学生の頃に使っていた給食袋を、未だに化粧ポーチに使っていたり、破れてボロボロになったハンカチを「これは大事な友達にもらったやつやし」と、丁寧にアイロンをかけて使っていたり、パンツ（下着）も、中学生の頃に修学旅行に行く際に母が買い与えてくれて、小さく「ツネコ」と名前が書かれたものを使ったりしている。仕事場に持って行くペンケースも、小学四年生の時に父がクリスマスプレゼントにくれた、うさこちゃんの筆箱を使っていたり、愛用しているワンピースは、母が若い頃に愛用していたものを譲り受けたものだったりする。庭のプールで遊ぶ時の、えげつない水着は、ベルリンに一年間留学していた際に購入したもので、ずっと大切に使っている。洗濯機で回すと傷むので、毎回特別なクリーニング屋さんにお願いして、特別に洗ってもらっている。

物を大切にするのは、人を大切にするのと同じ。執着しないってことは、大切にしないって言うことではなく、他者と自己の関係を円滑に、そして悔いのない関係性を保つことである。物の命。者の命。それはほぼ同じだとつねこは考えていた。

『津猫令和を迎えて』

昭和生まれのつねこは、三つの元号を跨いで生きている。その三つ目の元号が「令和」となった。つねこ五十三歳。

相変わらず、高校時代からの親友とはお付き合いがあり、会うと楽しくお酒を飲んだ。しかし、つねこは生まれ故郷に帰り、父と母と一緒に暮らした海の見える積丹で暮らしたいと、ずっと思っていたので、思い立って思い切って仕事を辞め、芦屋の家を売り払い、積丹の岬の近くに小さからず大きからずの一軒家を建てて暮らし始めた。

小さな家とは言え、二階建てで、一階には圭くんの部屋と、和室のゲストルームが一つ。それと自分の部屋。この三つにはそれぞれ、トイレと洗面所を設てもらった。二階がリビングとキッチン。そして海が見える側には、ガラス張りの檜でできたお風呂を作った。そのお風呂が、つねこの一番好きな場所だった。

つねこは本を読むのが大好きで、たくさんの本を持っていたので、玄関に「死ぬまで本棚」と言うのを作ってもらい、今まで読んだ本と、これから読む本を並べて、靴を脱がなくても、近所のお友達や紹介を受けた人が「つねこ図書館」にやってきて、好きな本を借りていけるようにした。

夏には、近所のお友達に頼んで、玄関先にウッドデッキを作ってもらい、色んな椅子を置いて、海を見ながら、本好きの人たちが、そこで海の音を聴きながら読書ができるようにした。

時には一冊の本を数人で一緒に読んで、本の中に入り込んで、登場人物の話をしたり、思い描いた風景をそれぞれがスケッチブックに描き、それを沢山溜めて、額に入れて「それぞれが思い描いた風景のスケッチ展覧会」を二階のリビングで開催した。

つねこのまわりには、必ず人が集まる。大勢ではないけれど、つねこは一人ぼっちでいることはない。容姿端麗の才女だった頃も、友達は多かったが、ベルリンでぺっしゃんこ顔になってからの方が、つねこの人生は豊かになった。それは亡き夫が、それと息子の圭くんが、つねこのぺっしゃんこ顔を、笑い飛ばして愛してくれたからだ。だからつねこは自分を卑下することもなく生きてこれた。

令和二年の冬、五十四歳になった頃、世界中を震撼とさせる感染症（新型コロナウィルス）が大流行し、人々の生活は制限に制限がかけられ、人々は怯え、鬱憤のたまる生活を強いられた。しかし、つねこはそんなことは横目横耳で見流し、聞き流し、毎日海の風に吹かれ、海の音と共に歌い、浮世離れとでも言うのか、長閑な暮らしを続けた。

「自分が生きている、この人生の中で、パンデミックに巻き込まれることがあったってことこそが、ドラマティックや」と思えるつねこであった。

そのうち、その感染症もおさまるだろうと思っていたが、夏が過ぎ、秋が来て、また冬が来ても、一向にその感染症は治らず、令和三年が明けても、地球上のほとんどの人間が怯えて暮らしていた。つねこは、それでもただ、日々を気持ちよく、海と共に生きていた。

しかし、春が来た頃に、つねこはそのウィルスに感染してしまい、圭くんに見守られながら、この世を去る。

享年五十五歳。海の見える丘の家で。

幻駄　津猫
昭和四十一年二月二十六日生まれ
魚座　Ｏ型
身長一六三ｃｍ　体重四十三ｋｇ

第二章　母を偲んで

語り　幻駄圭

『母から学んだこと』

僕は母の事をずっと「ママ」と呼びました。僕は、ずっとママを大好きで、常にママの写真を入れたロケットペンダントを首にぶら下げていたほどです。それは誰にも見せたことはありません。それは僕だけのママだからです。でも、ここからは「母」と綴ることにします。

僕の祖母は、とっても綺麗なおばあちゃんでした。僕はおばあちゃんの事も大好きでした。おばあちゃんは物静かだったけど、よく笑う楽しい人でした。

父は……。父の事を僕は「父上」と呼んでいました。母が、そのように躾けたからです。父上は男前で、背も高くて、おばあちゃんはいつもそんな娘婿のことを「まるで高倉健さんやな〜」と言っては、嬉しそうにしていました。僕は高倉健よりも舘ひろしの方が似てるのにな……って思っていました。兎に角、「男前」でした。そして静かで優しい父でした。

僕の家族の中で、母だけが顔が目立って変わっていました。まるでおでんに入っているハンペンみたいでした。でも僕は、その母の顔を触るのが大好きでした。手触りもハンペンみたいで、気持ちよかったのです。

小さい頃は、昼寝をしている母の顔に、よく落書きをしました。目が覚めた母は、そんな事もつゆ知らず「圭くんお買い物行こうか」と、僕の手をひいて外を歩くのです。顔は、まるでマヌルネコのようになっている事も知らずに、ニコニコしながら歩くのです。僕は少しだけ悪い気がして、「ママ、あそこのショウィンドーの中のおもちゃが見たい」と言って、ショウウィンドーに顔を映せるように仕向けました。そしたら母が、「いや〜〜圭くん、なんやあれ！かっわいいマヌルネコがいるやん〜。中に入って触らしてもらお〜」と、大喜びで店の中に入って行く始末。悪い気がしていた僕だったのですが、なんだか笑えてきて、笑いが止まらなくなってしまいました。のちに、この事件を「マヌルネコ笑い地獄事件」と名付けて、よく思い出しては笑いました。

母は、僕を怒ったりしたことがありません。父もです。僕が少し大きくなった頃に、おばあちゃんが話してくれたのですが、母は、独自の宗教的思考を持っていて、「怒りの煩悩排除説」という事を、自分自身に向けてだけ説き続けていたそうです。

面白い母でした。

豊かな母でした。

僕は、小学六年生までしか、家族での普通の生活の記憶も記録もありません。中学に上がる時に、アメリカにテニス留学をしたからです。でも十二歳までの日本で、普通の暮らしの中で、母との思い出はとてつもなく沢山出来ました。そして、僕は母のことが大好きでした。友達と遊ぶ時間より、母と過ごす時間の方が楽しくて仕方ありませんでした。

今になって言葉にできるようになりましたが、その理由は「枠」がなかったからです。行き止まりがないのです。抽象的な感じの言い方ですが。そう言う言い方がぴったりの母でした。

一緒に遊んでいても、母は「ほな、この辺で終わろうか」などと言う事を言いませんでした。僕が疲れるまで、僕が納得するまで、僕が笑うまで、僕が泣くまで、僕が寝てしまうまで、母からの終わりを告げられることはありませんでした。

それと、母はいつも「大義」を持って僕に物事を教えてくれました。

例えば、僕は冬になると家族三人でスキーに行きました。リフトに乗っている時に、母が「圭くん！」と言って、噛んでいるガムを風船にして見せてくれるのです。何度も何度もです。小さな僕はうまく出来ずに、それこそ諦めそうになるのですが、母は笑って「もっと大きな風船できるで」と言って、風船ガムをポケットから三つ出して、口にポイポイっと入れました。

その時、ガムの包み紙が風に飛ばされてしまったのです。母は「あかん！　大事な山にゴミを撒き散らしたらあかん！　圭くん、ひらいに行こ」と、リフトから飛び降りました。僕はびっくりしました。え……飛び降り禁止って書いてあるのに……。と思いましたが、母はゴミをしないことの方が大切なんや！と、咄嗟に判断した小さな僕も、リフトから飛び降りました。

下がふかふかの雪だったので、二人とも雪まみれになりましたが、一刻も早くゴミを探さないといけないと言う思いの方が大きくて、僕たちが飛び降りた振動でリフトが停まってしまった事など関係なく、ゴミ探しが始まりました。母は、運動神経が切れていたわりには、僕から見るとすごくシンプルで素敵な滑りをしました。そんな母について、陽が暮れるまで小さなゴミを探して探して、とうとう見つけました。小さな僕は嬉しかったです。

　母は、「よかったよかった。これで山神様、女神様に遊んでもらえるわ～」と言いました。「きっと、圭くんの事を神様は褒めてくれたはるわ。明日も良い雪を沢山降らせてくれはるで！」と言うので、僕は嬉しくて、山を大切にしないといけない、山にゴミを捨ててはいけないと言うことを身をもって学び、その日のことを誇りに思いました。

　しかし次の日、母はリフトの上で「圭くん、昨日の続きやろか」と言うので、僕は「え？　ゴミ拾い？」と言うと、「ちゃうちゃう～風船やん！」と、またガムを三つ口に入れました。今度は包み紙は飛んでいきませんでした。

　母はガムをくちゃくちゃ噛んで、自分の顔より大きな風船を作りました。その風船を触ってみなさいと、風船を咥えたまま言うので、僕は手袋を脱いで指で触ってみました。ふわふわかと思っていたら、それは硬くてびっくりしました。寒いとこんなふうになるんやと思った途端、母はその風船を「ぷ！」と吹き飛ばしたのです。僕は「あ！　山にゴミをしたらあかん言うたやん！」と思いましたが、その風船が風で上に飛んで行ったのです。そしてヒュ～っと落ちてきたり、横に流れたり、また上に昇ったりして、とうとう遠くに行って見えなくなりました。

母は、「すごい～～～圭くん！　風船ガムはあんなに風と友達みたいになるんやな～。しかも気温が低いと、風船ガムはあんなに硬くなるねんな」と、嬉しそうに笑いました。僕も嬉しくて笑ったのですが、心のどこかに罪悪感もありました。なので、「ママ、ええの？　ゴミしたけど」と言ったら、母は、口の前に人差し指を一本立てて、「し～～……これは二人の秘密やで。父上にも言うたらあかんで」と言います。僕は小さいながらも「内緒やったらええっちゅう話かいな」と思いました。でも「内緒」は子供にとったら「ワクワク」と同類項です。そのうち僕は楽しい気持ちになって、「ママ、もう一回やろう！」と言ったら、「アホやな～圭くんは～。一回こっきりやし秘密はバレへんねんで。何回もやったらそのうち捕まるねん」と言いました。

そんな風に母は、正義を振りかざしたり、悪戯っ子のようになったりしながら、僕に良い事といけない事とのグラデーションの部分を、楽しく教えてくれたのです。

「良いことだけ」の生き方はつまらない、「悪いことだけ」はいたたまれない。じゃ、その中間が良いと言う話ではなくて、その間を漂うグラデーションの中のコントロールが面白いのだと言うことを教えてました。ただ真面目なだけの人間はつまらない。豊かな人間になりなさいとのメッセージだったのではないかと、今になって思うのです。

僕はそんな風に、今考えられるようになったのも、そんな母が、「常に考えるんやで。なんでやろ。なんでやろ。ってな」と常に言っていたからです。

母の口癖は「まぁええか」でしたが、行動は「まぁええか」ではありませんでした。母が「まぁええか」と言うときは、「動」から「静」にスイッチする合図だったのでしょう。「まぁええか」と言った途端に動きを止めて、ジタバタせずに、「深く考える」方に移行していたのだと思います。

決して投げていた訳ではなかったのでしょう。子供だったぼくは、「ママはいつも、常に考えろって言うてるのに、なんで、まぁええかって言うのやろう」と思っていました。でも、本当に「まぁええか」の状態ではなかったのです。

母のそばにいて、小さい僕はそんな風に考えることはできませんでしたが、大人になって母を思い出せば思い出すほど、母のことを理解できるようになっているのです。

『母の顔のこと』

母の顔のことについてもここに記しておきたいと思います。母は、はっきり言って美人ではありませんでした。顔が真っ平らなのです。普通であれば、鼻は顔面から盛り上がっています。でも母の場合は鼻の周りが凹んでいることによって、鼻が存在しているのです。もう一度言いますが、横から見ると真っ平らなのです。

僕が九歳になった頃に、そのことを不思議に思いました。なぜかと言うと、親友の武くんが、

「圭のオカンは、なんで顔が真っ平らで、圭とは顔立ちが全然違うんやろな。僕は圭のオカンの事は大好きやけどな。時々不思議に思うねん」

と言ったのがきっかけです。

僕は、不思議だと思う時は、まず「考え」ます。母に教わったからです。子供というのは時として、なんで星人のように「なんで！　なんで！」とわめくものですが、僕は母に、常にまず考えるようにと教えられていたので、考えました。しかし、考えても答えが出ないこともあります。なので、僕は誰かに問うことにしたのです。しかし母本人に向かって「ママはなんで、顔がぺっしゃんこで真っ平らなの？」などと聞くのは、ナンセンスだと子供ながらに思いました。

そこで僕が思いついたのは、一つは父に聞くことでした。でも父は忙しくてなかなかゆっくり話をする時間も取れないし、そこで、母には親友が三人いるということを思い出しました。月に一回必ず会う、高校時代からの親友です。僕は母のアドレス帳をこっそり開けて、「雅美さん」に電話をしました。

その時の会話です。

「聞きたいことがあるねん」

「なんでも聞き」と雅美さん。

「どうして僕のままの顔は真っ平らなの？」

「なんでママに聞かへんの？」と雅美さん。

「ママがその事で、気を良くなくしたらかわいそうやし」

「ママはそんな事で気を悪くするような人とちゃうと思うし、圭くん直接聞いたらええって思うよ」と、雅美さんは落ち着いた感じで言いました。

僕は後悔しました。生まれて初めて「後悔」という気持ちをあからさまに感じました。それはそれは嫌な気持ちでした。怒られている訳でもないのに、何かに責められたような、とても嫌な気持ちがして、僕は何故か涙が出てきて、電話口で泣きました。

僕は言いました。

「雅美さんありがとう。雅美さんの言う通りやな。この事はママに直接聞くわ」

そう言いながら、僕はどっちにしろ雅美さんに電話をして良かったと思っていた事をよく覚えています。

そして翌日、ことの経緯から母に話をしました。そうしたら、母は泣いたような顔で笑って、

「うん。雅美ちゃんらしいわ。その通りや。ママはそんな事で凹んだりせぇへんで。圭くんに気ぃ使わせて悪かったなぁ」

と言って、僕を抱きしめ、その後、九歳になった中途半端なサイズの息子を膝に乗せ、ベルリンでの話を聞かせてくれました。そして、クローゼットの奥に仕舞ってあった古いアルバムを見せてくれました。そこには、今のママとは全然違う顔のママが沢山いました。とても美人さんだと思いました。と同時に、「僕とそっくり」とも思いました。口元だけは父に似ているとも思いました。

ママが、

「どうや、スッキリしたか？　そのお友達の武くんにも話をしてあげてや」

と言いました。

「うん。わかった。ママはすごい爆破物を作る天才やってんな」と、僕は複雑な気持ちをうまく言い表せずにいて、少し照れてそんな返事をしました。

僕はその話を聞いた後、ベッドの中で、「僕は、ママが昔の顔でも今の顔でも、ママの事が大好きだ」って思いました。

後日、武くんにその話をしたら、

「圭のオカン凄いやん。どうやってその爆破物作ったか聞いたん?」

と言うので、僕は、「聞いた」と言ったら、武くんは、

「僕らも、それ作ってみようや」

と言い出したのです。僕は迷いました。思ってもみなかったことを言われたので、びっくりもしました。

母はいつも言います。「迷った時は進め」と。でも、僕はその時進んでいいの

かどうか考えました。考えた結果、母と一緒なら作ってもいいのではないかと答えを出しました。

そして僕は、母に相談をしました。そうしたら母が、

「面白い話やけど、ママは、必要に迫られて本気で作ったんや。面白半分とか、そんな半端な気持ちで作ったんとちゃうねん。本気で、東ベルリンで抑制されている人たちのためにと思って作ったんや。せやから、自分の顔がこんなんになっても悔やみはせぇへんかったんや。興味本位で爆破物を作るなんて、危ない事はしたらあかん。せやし、それはやめとこう」

と言われました。僕は何故かホッとした気持ちになりました。

数日後、武くんにその話をしたら、納得していました。そして、

「圭のオカンは、どこまでも素晴らしいぞ」

と、子供のくせにおっさんみたいな言い方をしたので、僕は笑いました。

『不思議な出来事』

それからしばらくして、僕は不思議なことと出会いました。僕が十歳になって半年ほど経った、暑い初夏の出来事です。

「今日、ママの親友たちが遊びにくるしな～！　プール&ワインパーティーやで～」と、朝から母がウキウキしていました。僕は学校の用意をバタバタしながら、

「うん！　わかった！　僕が帰って来るまで、みんなに居てもろてな～。僕も一緒にプールしたいし～」と言って学校へ行きました。

学校から帰ってきたら、プールでみんなは、楽しそうに浮き輪でプカプカ浮かびながらワインを飲んで笑っていました。それはいつもの光景ではあるのですが、その日は見たことのない人が一人居るのです。

雅美さん、靖子さん、浩江さん、それ以外に一人居ます。僕は着替えもせずにTシャツだけ脱ぎ捨てて、走って行ってプールに飛び込みました。みんなびっくりしてワインをひっくり返してしまいました。プールの所々が一瞬ほのかな赤色になりました。そして、もう一人の初めて見る人に近づいて行って、「初めまして。僕、圭です」と言ったら、その人はキョトンとした顔で、「あんた、何言うてるん」と言いました。

僕はなんとなく、「あ、そうだった、いつも居る人で、僕に一番近い人やった」と言う気持ちがしました。僕は少し不思議な気持ちだったけど、その反対側で当たり前のいつもを感じていました。

しばらく潜ったり飛び込んだりして遊んでいたのですが、母がいつまで経ってもプールに現れないことに不安を感じていました。トイレかな？　それにしては長すぎるなぁ。と考えていました。母は、いつも親友たちが遊びに来る時は夕飯をご馳走していたので、あ、晩ごはんの下ごしらえかな～と思い、みんなに「ねぇ、ママは？　晩御飯の準備？」と尋ねたら、みんなキョトンとした顔で、その初めて会ったような感じのする人が、「圭くん、何言うてるん、ママここに居るやん」と言うのです。みんなはケラケラ笑うのです。

僕は訳がわからなくなって、プールから這い上がり、家に入った途端に大理石の床で足を滑らせて、すっ転んで頭を打って、一瞬気を失いました。すぐに目覚めたのですが、僕はソファーに寝かされていて、僕のママが覗き込んでいて、目覚めた僕を抱きしめてくれました。

いつものママでした。

ぺっしゃんこ顔のママでした。

暖かいすべすべのママでした。

はんぺんみたいにフワフワのママでした。

僕は、ふと辺りを見回しました。リビングに居たのは、ママと親友の三人。

いつものメンバーでした。

僕は「夢見てたんや。不思議やったな〜」って思って、夢の話はせずに、すぐに忘れてしまいました。


そんな事があったという事実は、僕の頭の中からすっかり消え、僕は小学校の卒業を迎えました。卒業式というのはやたらに悲しくて、その先に夢や希望があるなんて思いもできませんでした。僕には多くの友達がいたし、大好きな先生たちもいました。

僕は答辞を読むという大役をさせてもらうことになっていました。先生には、「圭くんの思う通りの内容でいいから、一度よく考えて、文章を書いて先生に見せてくれるかな」と言われていました。

僕は母に相談しましたが、先生と同じく、

「圭くんの思うようにお話しすればいいやん。カッコつけなくてもいいし、感謝の気持ちがちゃんとそこにあればええねん」と言われました。
その時の僕が大きな声で読み上げた文章です。

答辞　六年一組　幻駄圭

僕たちは今日で小学校生活に終わりを告げます。正直、今の僕には寂しい気持ちしかありません。

よく、「希望や夢に向かって旅立ちます！」とか言いますが、今日の僕には寂しさしかありません。校門を出て、友達と手を振り合って、「また明日な」とはもう言えないのです。僕たちの背後には思い出でしか成り立たない小学校しかなくなるのです。間違って明日も学校に来てしまいそうな気持ちです。

でも変わらないこともあります。それは「ただいま！」と言って帰る家があるということです。毎日「行ってらっしゃい」と「おかえり」を言ってくれる家族がいるということです。それは中学生になっても高校生になっても変わらないことです。僕は寂しい気持ちを、そのありがたさで上塗りをして、これからも前だけを見て進みたいと思っています。

先生へ、父へ、母へ、そして友達へ。大きな大きな花束よりもっと大きな感謝を込めて！

終わり！

僕が答辞を読み上げると、母が大きな声を上げて泣き出しました。それにつられて、他のお母さんやお父さん、六年生のみんなも泣き出しました。綺麗な涙が講堂の床にポタポタと落ちました。

その時母の方を見ると、母の横に、笑顔で、見たことあるようなないような人が立って、僕を見ていました。

「誰だっけ……」と記憶をたどると、それは十歳の頃にプールで見知らぬ人と出会った、その人だということを思い出しました。でも、瞬きをしてるうちに、その人はいなくなりました。卒業式での不思議な出来事でした。

そんな事もすっかり忘れ、僕は卒業後アメリカへ渡りました。テニス留学です。フロリダに、テニスのプロ養成学校があり、僕はそこへの留学生として、父と母の元を離れ寮で生活を始めたのでした。

父も母も、

「アメリカなんて近い近い！　何かあればすぐに行ったり来たりもできる」

と言いました。

母は、「飛行機でひと眠りしたら、もうアメリカやで！」と言いました。

僕の両親は、本気でそう思っている人たちでした。決して、僕の不安を払拭しようとか、そんなことを思って言っているのではないのです。だからこそ、僕も「強い心」を自分の中に植え込む事ができました。きっとそこから、芽が出て、樹になって、たわわと葉を茂らせ、ついでに花も咲くような樹が僕の中に育つとイメージしました。そうするだけで一つ強くなった気持ちがしました。

アメリカでの生活は充実していました。いろんな国の友達がたくさん出来ました。

そこで、一つ、両親に感謝すべき事が増えました。僕の名前です。他国の友達やコーチには、「圭」は「K」であって、覚えてもらいやすかったのです。名前はこの世に生まれて、両親から最初にもらうプレゼントだと聞いた覚えがありますが、最高のプレゼントだと思いました。

アメリカに行って二年ほどが経った頃に、僕は少し父と母に会いたくなりました。常々、父と母に会いたいなとは思ってましたが、この時はなんとなく、会わなければいけないような気持ちもありました。コーチに話をしてみたら、「親を大切に思う事は、世界一になるより大切な事だよ。一度会いに行っておいで」

と言ってくれたので、僕はすぐに日本に帰りました。

十四歳になった僕は、日本の夏の盛りに、大好きな父と母のいる、大好きな芦屋の家に一時帰国をしました。父も母も大喜びで、いつも忙しい父も、僕が滞在した一週間は毎日、夕食には間に合うように帰宅して、食事を楽しんだり、カードゲームをして遊んだりして楽しく過ごしました。

コーチとの約束があって、それは、テニスのトレーニングは日曜日以外は毎日欠かさずにする事と、常時自分がテニスプレーヤーであるという「根本」をひとときも忘れない事。その約束をしたときにコーチが、他愛ない面白い話をしてくれました。それは、

「例えばな、圭。お前はカエルという生き物を知っているだろう？　日本にも多くの種類のカエルがいるはずだ。カエルは、両生類と言って、水陸両用だけど、水分がなくなると干からびてしまう。ずっと泳いでいるともちろん疲れる

し、退屈になってくる。腹も減る。だから時々こっそり陸に上がって、コバエを食べるのを楽しんだり、少し背中を乾かしてみたりするんだ。でもな、もしその陸に上がったカエルが、水中にいるより楽しい事ができてしまって、水中に戻ったりするのを忘れてしまったらどうなる？　そう。干からびてしまうんだよ。自分が、水分があってこそ自分らしい生活ができる生き物だってことさえ忘れなければ、遊び場を間違えたり、遊び方を間違えたりはしないんだよ。例えがあまりにも粗雑すぎて悪いんだけど、圭、わかるよな。大切なことを忘れてしまうと、命取りになるんだよ」

という話でした。僕にはとてもわかりやすい例えでした。

僕は毎日、午前中は近くのテニスクラブでトレーニングをしました。昼過ぎに家に戻るとプールで遊びました。中学生になった、小学生の時からの友達が遊びに来てくれて、一緒にプールで遊んだりもしました。僕はまだ十四歳の小さな少年でした。でも心と頭は、答辞を読んだあの頃より逞しく、クールになっていました。

日本に帰国して六日目。あと、一日しかないな〜って思っていた朝に、母が「圭くん〜、今日は、ママの親友たちが、大きくなった圭くんに会いたいって言うてて、遊びに来はるしな〜！　プール＆ワインパーティーやで！」と、ウキウキしていました。僕は少し変な気持ちがしました。「なんか、こんな会話前にもあった……」と。これをデジャブとか言うのかなと思いました。

それでも気にも留めず、トレーニングに出かけて、帰ってきたら、プールでみんな、浮き輪でプカプカしながらワインを飲んで楽しそうに笑っています。

僕はTシャツを脱ぎ捨てて、走ってプールに飛び込みました。みんなのワインが溢れました。……その時もなんだか変な気持ちになりました。「前にもこれと同じ光景があった気がする……」と。

そして、いつもの三人以外に、一人初めて見る人がいることに気がつくのです。新しい仲間かなと近寄って行って、「初めまして。僕、圭です」と言ったら、その人が、「何言うてるん〜〜」と大笑いするのです。僕はその声を聞いて、ママの声と全く同じで、笑い方も同じじゃ。と思いました。不思議な気持ちになって、プールから這い上がって、リビングに入ったところで、大理石の床で足を滑らせて、すっ転んで頭を打って意識を失いました。

目が覚めたら、いつもの母が僕を抱きしめてくれました。僕は思い出しました。九歳の頃にこれと全く同じ事があったことを。

僕は、流石にこの事をもう忘れることはありませんでした。でも、おそらく夢だったのだから、「同じ夢を二度みた」と言う判断として、記憶に留めました。

『父との別れと母からの手紙』

そうしてその翌日、父の運転する車で空港まで送ってもらい、父と母と三人で、空港のレストランで鰻重を食べて、日本を後にしました。

母が泣きそうな顔をしていたのですが、父が声を上げて泣くものだから、母は泣くに泣けず、大泣きしている父の横にぽつんと立って、小さく手を振っていました。

僕は泣くのを我慢して、

「父上～ありがとう！　ママ！　大好き！」

と大きな声で叫んで、ゲートへ入りました。しばらく父の泣き声が、僕の背中にしがみつくように聞こえていました。

僕は飛行機に乗り込んだ途端に、涙が溢れて止まらず、ＣＡさんが、何度もお手拭きを持ってきてくれました。

僕は、そのお見送りの時に見た父の姿が、僕の見た最後の父の姿になろうとは、思ってもみませんでした。

その時から二年後に、父はこの世を去ったのでした。でも、僕は父上の泣き声がずっと僕の背中にしがみついて、ずっと応援してくれているような気持ちがしていて、進むしかないんや！　と考えていました。

僕は、父の亡骸に会う為に日本に帰る事はしませんでした。母も「それでええ」と言いました。それは、僕の十六歳の冬の出来事でした。

母は、前にも述べたように、物事に執着しない人です。だから、父が亡くなった後も、普段通りの生活を送っていたようです。メソメソしたり、うろたえたりしないのです。僕は本当は母から、「少し寂しいから、帰れる時に帰って欲しい」とか連絡があるかと思っていましたが、一向にそのような便りはありませんでした。

僕はといえば、日本の家は恋しかったし、母のことも少し心配だったので、一週間ほど帰ろうかと考えたりしましたが、父が愛したあの家に、父がいないと思うと、それだけで涙がとめどなく溢れるので、

「まだ帰れない。ママが泣いていないのに、僕が泣くのは決して良いことではない」

と考えて、踏みとどまりました。

そうこうしているうちに、僕は十八歳になりました。この頃の僕はまだ世界ランク二百位以下のところにいたのですが、とある国際テニス選手権大会で優勝しました。無名と言えば無名の僕が、いきなりセンターポールに日の丸を揚げたのです。僕は喜んで良いのかどうなのか、自分がどんなポジションにいる

のかわからなくて、表彰台の上でうまく笑えないでいたことを覚えています。

そんなことがあってから、僕は、勝つことや、勝ち方が少しわかり始めて、テニスの調子は上がっていました。でも、僕は少し精神的にくたびれていました。そんな時、珍しく母からエアーメールが届きました。

宛名はもちろんローマ字です。それがとても滑らかに書かれていたので、僕は思い出しました。母は、通訳の仕事をしていたのだったと言うことを。僕は、なんて自分のことばかりに精一杯になっていたんだろうと、びっくりしました。

僕は自分のことばかり考えていて、母のことを平面的にしか思い出していなかったことを自覚しました。もっと立体的に、もっと奥行きを持って、僕を産んでくれた人を心に描き続けなければならないはずなのに……と、胸が締め付けられる程に反省しました。

そして、父の言葉を思い出す事ができました。それはテニスが面白くてたまらなくなった小学五年生の頃に、有頂天になっている僕に父が話してくれた事です。

「圭、テニスで成し遂げなければならないのは、相手との理解しあいだよ。一人でテニスはできないだろ。対戦相手がいるからテニスは成立するんだよな。だから、相手に敬意を持つ事。敬意とは思いやりだよ。勝つ事だけに固執するテニスプレーヤーは良くないいんだ。お互い良いプレーをしようと思い合える関わりを作る人間になることが、何より大切なんだよ」

父はそう教えてくれました。それを聞いた僕は、その夜沢山のことを考えたのを覚えています。全てのスポーツだけに限らず、世の中のほとんどの事にそれは共通するんだろうなと、小学生の僕は眠れないほどに考えた事を。

僕は忘れていたのです。僕は目の前にあることしか見ていなかったと同時に、勝つ事だけしか考える余裕がなくなっていることに気が付かされました。思えば、顔や体は大人になりつつありましたが、十八歳の子供だったのです。でも、あの時、母の滑らかなローマ字の宛名を見ただけで、多くのことを思い出せて、僕はもう一度、自分を立て直すきっかけをもらいました。母の手紙のおかげでした。
　以下　母の手紙より。

親愛なる圭くんへ
　圭くんどうしていますか。ママが毎日想像している圭くんの姿と、リアルに動いて生きている圭くんとの差はどれくらい大きくて、どれくらい近いのでしょうね。それと同様、圭くん、あなたが私を想像している私と、本当の私にはどれくらいの差があって、どれくらい近いのでしょうね。
　想像することは、思いやることです。想像すると言うことは、忘れないでいると言うことです。
　前置きが長くなったけど、私は毎日あなたを想像することで幸せだと言うことです。

今日珍しく手紙を書こうと思ったのは他でもありません。父上が愛した芦屋の家を売る事にしました。圭くんに相談もなしにごめんなさい。相談したら優しい圭くんは、心とは裏腹に「ママの思うようにしたら良い」と我慢した声で言う事がわかっていたからです。その声を聞いてしまったら、私は進めなくなるから、独断で決めました。

ママにとっても、あの家は大切で大切で愛おしいものです。父上と長い時間をかけて、一級建築士さんに設計してもらい、三人で一生「出たり入ったりできる大きな巣」となるようにと願いを込めて作った家ですから。

でもね、ママはこの頃夢で声を聞くのです。誰だかわからないのですが、「私は貴女なのです。そして貴女は私なのです」とその人が言うところから夢が始まって、海が見えるのです。ブルーの深そうな海です。

そしてその人は、「大丈夫だから、そこへ帰りなさい」と言うのです。そして

「私が貴女だから心配しなくて良い。だから海の見える丘へ帰りなさい」と言うのです。何度もです。

その夢を見た朝は大抵綺麗な朝で、清々しくて、庭に小鳥たちがたくさん集まって囀っていて、気持ちがいいのです。

だからね。圭くん。夢だからってね、もう放っておけなくなったのです。ママが生まれ育った北海道の地へ帰って、積丹の海の見える丘に良い土地があったので、そこに家を建てて暮らそうと決めました。もちろん圭君の部屋も作ります。今度帰国する際は、千歳空港に降り立ってくださいね。

ママはその家を終の住処とします。海を見ながら、檜のお風呂に入って本を読むのです。庭で絵を描くのです。お友達を作って、そのお友達と海の風に吹かれながら、赤蝦夷松の香りが素敵な積丹のクラフトジンにライムを浮かべてゆっくり飲むのです。そんな妄想をするのが、今のママの楽しみの一つでもあります。

圭くん。夢で私が聞いた声と、あなたが二度ほどおかしなことを言っていた事が、どこかで繋がっているような気がしてならないのです。あの「ママじゃない人がママだと言った」と言っていた事です。

ママはきっと、どこか並行した世界でも生きているのかもしれません。圭くんは、もうその人に会ったのだと思うのです。きっとその人も、確実にあなたのママでしょう。そんな気がしてならないのです。

今度その人に会ったら、「ママ」と呼んでみてください。不思議な事が起こるような気がするし、きっとその人は最善を尽くして、あなたに寄り添ってくれる筈です。

もしかしたら、私が先にその人と会う日があるような気もします。パラレルワールドです。決して交わることのない世界ですが、ふとした瞬間に何かのキーワードによって、時空をすり抜けて会ってしまう、引き寄せられる何かがあるのかもしれません。

変な話を書いてしまってごめんね。

お家のこと。そしてその、もしかしてのパラレルワールドの事。この二つの事を伝えたかったのです。

早く積丹の新しいお家ができて、そこにひょっこり私の大切な息子、素晴らしい息子、父上が愛した息子の圭くんが顔を出してくれますように。もしその時圭くんが既に成人しているのであれば、海の風に吹かれながら、二人で美味しいクラフトジンを飲みましょう。

そうそう！　それが夏ならば、美味しいウニ丼をデリバリーしましょうね。

ママはあなたの心配などしません。圭くんが迷いなくテニスに打ち込み、人として強く、優しい人であると信じているからです。

あなたは自分の身は自分で守るのです。そして自分で考え作戦を練って闘う人なのです。

ママより

僕はこの手紙を読み終えて、再び封筒から出しては読み、そしてまた封筒に仕舞い、また出して読むを、三日間繰り返しました。そして、電話をする事にしました。

話はわかったし、僕からは何も言うことはないと言うことと、いつ引っ越しをするのかを聞きたかったからです。

『芦屋の家との別れ』

芦屋の家は大きくてシンプルでした。父も母も、僕には余計なものは買い与えませんでした。永く大切にできる、良い物だけを選りすぐって与えてくれました。

例えば鉛筆一本でも、友達はキャラクターの描かれた賑やかな鉛筆を持っていましたが、僕はシンプルな、生木のような鉛筆を使っていました。父が、「この鉛筆の木は、奈良県の山奥で育った、百歳にもなる杉の木を使って作られたんだぞ」と言って、買ってきてくれました。

鉛筆削りも買ってもらえませんでした。「電動の鉛筆削りでは無駄が出て、百歳の杉の木を無駄死にさせてしまうだろう」と、毎日遅い時間に仕事から帰ると、僕の部屋にそっと入ってきて、ナイフで必要な分だけを削ってくれていました。僕はうとうととしながら、父が削る杉の木の香りを嗅ぐのが大好きでした。

そんな感じだったので、僕の部屋はとてもシンプルでしたが、引っ越しをする前に、もう一度あの家に挨拶がしたいと思ったのです。

その感情は、日々大きくなり、三日が経ちました。そう、もう一つ聞きたかったことは、お手伝いのミユキさんと、ガードマンのきよひ子さんはどうなるのかと言うことでした。きよひ子さんはママのお友達として出入りしていたのですが、当時勤めていた宅配屋をやめて、幻駄邸のガードマンになっていたのです。

兎に角、電話をしようと思いました。電話番号をプッシュしたら、ワンコールで母の声が聞こえました。「ママ」と言ったけれど、それは、留守番電話でした。「こんにちは、圭くん。あなたが電話をかけてくる事はわかってたで。圭くんが電話でママに聞きたいのは、ミユキさんときよひ子さんのことやろ〜。圭くんは優しいからな〜。大丈夫ですよ。何の心配もないから。あと、引っ越しは半年後の春頃になるしねぇ。以上。ママは毎日忙しいのです。バイバイ」とのことでした。僕は、「留守番電話で名指しってええの？」って思って、笑いました。母は、ほんまに最高やなと思いました。きっと母は、本当は僕からの電話を待っていて、僕からの着信を見たらワンコールで留守電にできるように設定してたのではないかと思いました。でもほんの小さなことなので、そのことを尋ねる事はしませんでした。どっちにしろ、母は最高です。

そして、春になる寸前の二月の末に、僕は少しオフをもらって、芦屋の家に帰りました。二月の庭のプールの水は少し緑がかって、枯れ葉が浮かんでいました。庭の芝生は少し春めいた緑色に変わりつつありました。

僕はこっそりと泣きました。プールで父と遊んだことを思い出してしまったのでした。母ともよく遊びました。このプールで「不思議なこと」にも出会いました。思い出がありすぎて、涙が溢れました。

それから自分の部屋に行きました。庭に面したプールの見える部屋です。改めて自分の部屋を見ると、本当に何もない部屋でした。ベッドと勉強机。あとはテニスラケットを並べるために建具屋さんに作ってもらった、イチイの樹でできたラケットラック。そのラックには子供用のラケットが数本立てかけたままになっていましたが、決してほったらかしてあるのではなく、ホコリのひとつもありませんでした。母かミユキさんが、まめに掃除をしておいてくれたのでしょう。

そして、勉強机の上には、昔、母がベルリンで奮発して買って帰ってきたという置き時計が、チクタクと音を立てているだけでした。

それから僕はキッチンへ行きました。母は、

「男の子でもお料理はできないとあかん。特にスポーツ選手は食べることもトレーニングの一つやし、自分でちゃんと作れへんとあかんで」

と、よく僕と一緒にお料理をしてくれました。僕はそっと、キッチンのひきだ

しを開けてみました。そうしたら、出てきたのは、なんと、涙でした。僕が子供の頃に使っていた、お気に入りの、黄緑色でパンダの絵の描いたお箸と、小さな子供用のスプーンとフォークとナイフセットが、きちんと並んでいました。

母が後ろからやってきて、

「泣いてるん」と言うのです。僕はもう少し泣きたかったので、

「もう少し一人で探検させて」と言いました。そうしたら、母は、

「ずるい！」と笑って、リビングの方へ行きました。でも、僕は、その母の一言にうけてしまって、涙が止まって笑いに変わりました。ツボにハマった僕は笑いが止まりませんでした。母がリビングから戻ってきて、

「何！　何一人で楽しそうに笑ってるん！　ずるいやん！　さっきから！」と言うので、さらに笑いが止まらなくなり、

……あぁ、母はやっぱり人を笑顔にする天才や……と改めて思いました。

そして母と「マヌルネコ笑い地獄事件」の事を思い出して、二人でケラケラ

と笑いました。

　僕は家の中を見て歩き、見るもの触るもの、全てに「ありがとう」を言いました。そんな僕に母が、

「引っ越し屋さんが全部やってくれはるし、圭くんは何も心配しんでもええしな。せやけど、圭くんが自分の手でどうにかしたいものは、自分でちゃんとしときな」と言いました。僕は、

「うん。わかった。でも、僕は今日全部見たし、記憶したし、もうええ。後はママが好きにして」

と言いましたが、実は、黄緑色のパンダのお箸だけは、こっそり自分の鞄に入れました。母はもちろん気がつくでしょう。でも母は何も言わない人だと僕は知っています。

　黄緑色のパンダのお箸は、僕と母と、そしておばあちゃんとの三人の思い出のお箸です。これは素材が特別良いと言うわけではありません。プラスティッ

ク製品ですし、どこにでも売っている子供用のお箸です。僕がお箸を持って自分でちゃんとご飯を食べられるようになった頃、母とおばあちゃんと三人で、京都の宇治に、平等院を見に行った帰り、宇治橋商店街の端っこに、特別でも何でもない金物屋がありました。そこの前を歩いていた時に、店先に子供用のお箸がたくさん並べられていて、僕はその中の黄緑色のパンダの絵柄のお箸に、釘付けになってしまったのです。欲しいとか、そう言うのを飛び越えて、自分がそのお箸で、ホカホカの炊き立てのご飯を食べているところが、脳裏にブワ～！　っと浮かんだのです。

そして、涙が出ました。お箸を見て泣いている小さな僕を見たおばあちゃんが、「圭くん、これでホカホカの炊き立てご飯食べたら美味しそうやな～。おばあちゃん、買うたげるわ」と言いました。

僕の頭の中の想像した絵柄通りのことをおばあちゃんが言ったので、ものすごく驚いた小さな僕は、涙も止まってしまい、動けなくなって、言葉も出ませんでした。

お勘定を済ませたおばあちゃんが、お箸を包んでもらったのを、固まってしまっている僕の掌に握らせました。その際におばあちゃんは、「これで、よ〜さん（たくさん）食べて、強くて優しい男の子になりや」と言いました。

僕は、その日、と言うのかその時、心がパンパンになって、おばあちゃんにありがとうも言えませんでした。母が、僕の頭を撫でて、「圭くん、良かったなぁ〜。びっくりしてしもてるんか？　後でかまへんし、おばあちゃんにちゃんとありがとう言うねんで」と言いました。そんな思い出のお箸です。

今度積丹の家に行った時に、その思い出ごと、こっそり、キッチンの引き出しに入れるつもりでした。

僕は、五日間母と芦屋の家で過ごしました。僕が出会った不思議の話も、母が聞いた夢の声も、敢えて二人とも話題にはしませんでした。

ただ毎日、それはそれは家の隅々までを、名残り惜しむように歩き回って過ごしました。ふとした瞬間に父の香りがして、振り返ることもありました。

生きているといろんなことがあります。リアルすぎて逃げたくなるようなことがあるかと思えば、掴みたくても掴めない、三次元以外で起こり得ることを感じたり。芦屋の家は、小さな僕から今に至るまで、僕にいろんな経験をさせてくれたし、色々な人に出会わせてくれました。

五日目の朝に僕は、その家の玄関から最後の「行ってきます」をしました。僕がその玄関のドアを、家の中から開けるために見るのも最後。そのドアが、僕の背中を見送るのも最後なんだと思うと、もう振り返る事はできなかったし、たとえ振り返ったとしても、涙が溢れていてぼんやりしか見えなかったでしょう。

そうして僕は芦屋の家とお別れをしました。

それから間も無くして、母は、芦屋の家から、終の住処とすると建てた積丹の家に引っ越したと、短いメールで知らせを受けました。僕は積丹の家を見たことがないので、家の中の情景、母の暮らし方などを想像することさえもできず、不安という気持ちに苛まれていました。

でも、僕にはやらなければならない事があり、それはテニスであり、そこに向かい続けました。そして自分で考え、作戦を練り、闘い続けました。相手を思いやりながら。

『祖母の月子さん』

僕のおばあちゃんの話をしなければなりません。黄緑色のパンダのお箸を買ってくれたおばあちゃんです。

おばあちゃんの名前は「月子」と言います。僕はその名前をとても気に入っていました。子供ながらに素敵な名前だと思っていました。僕は小さな時には、おばあちゃんと呼ばずに「月子さん」と呼んでいました。幼少で舌足らずだった頃には「チュキコシャン」になってたんやでと、よく母に聞かされました。

僕は十歳まで月子さんと一緒に暮らしていました。

僕がまだ「チュキコシャン」としか呼べなかった頃に、その月子さんが話してくれたことを、最近よく、おぼろげに思い出します。忘れていたわけではありません。思い出すきっかけがなかったのです。それなのに、最近何故か鮮明に思い出したのです。

月子さんの話はこうでした。

僕の母は、本当はもう一人いたというのです。同じような雰囲気と、同じ声をした女の子が、母の周りにいつもいたというのです。特に母が幼少の頃には、その気配がよくしたというのです。母もその事がわかっていた様子だったそうです。おやつのケーキを半分にして、もう一つお皿を持ってきて盛り分けていたり、眠る時には絶対にお布団の真ん中に眠らずに、端っこに眠っていたり。「不思議な女の子だったんだよ」と、月子さんが話してくれたことを、深く考えるようになりました。

実際に月子さんも、すぐそばで、つねこの声で「お母さん」と呼ばれ、振り返るとつねこはそこにおらず、離れたところのジャングルジムにいたり、シーソーに乗っていたり。またある時は、つねこが朝起きてきたので、お布団を片付けに行くと、布団の凹みが二人分あったりしたと語っていました。

しかし月子さんは、特に深く考えない性格だったので、その事柄に関しては追求しなかったとも言っていました。

でも、月子さんはいつも心のどこかで、もう一人の娘の存在を享受していたと言います。形のあるもの、無いもの。どちらでもあるものはあるし、居る者は居る。だからもし、もう一人娘が居るのだとしたら、見えなくてもちゃんと感じて受け止めて、認めていこうとは思っていた。とも言っていました。心のどこかで、もう一人の見えない娘を可愛がっていたそうです。

そんなふうに言う月子さんは、やっぱりママのお母さんだなと思います。そしてやっぱり、ママは月子さんの娘だなと思います。

『母との別れと摘子さん』

僕が十七歳の時に、母は天の国へと旅立ちました。あっという間の出来事でした。疫病は国を滅ぼすと言われますが、地球のみんなが怯えるコロナという新型のウィルスが、世界中を渦の中に巻き込んだのです。新型なので特効薬は無く、母が亡くなってからワクチンができました。母は、その新型のウィルスに感染し、高熱を出して亡くなりました。母から、

「あんな、圭くん。ママな、コロナになってん。流行に敏感とちゃうのにな。おかしいな」

と、そんな呑気な電話がありました。

僕は血の気がひく思いがしました。すぐに日本に帰ろうと決めました。しかし、感染症対策で、国を跨ぐことは厳重に禁じられており、国際線の飛行機は

ほぼ飛んでいませんでした。なので、日本に帰るのは至難の業であることはわかっていたので、僕は知人のプライベートジェットを日本に飛ばして欲しいとお願いしました。テニス界には、驚くような賞金を得て、ゴージャスな暮らしをしている人が居ます。同じプロテニスプレーヤーの養成学校から巣立った先輩の中にも、そういう人たちが居て、僕のことを可愛がってくれている、そういう暮らしをしている先輩がいました。

お願いしたその人は即答で、

「もちろんＯＫだよ！　今はテニスの試合もないし、トレーニングも思い切りできない状況だから、ちょうど良かったね。圭が困っているなら僕は力になるよ」

と、お抱えパイロットさんを呼んで、その日のうちに日本に向けて飛び立つ事ができました。

札幌の丘珠空港に降り立ち、タクシーで積丹の家に向かいました。母は、受け入れのできる病院がなくて、自宅で一人で横になっていました。

僕が帰ると母は、「圭くん、うつるで。コロナ」とぺっしゃんこ顔で笑いました。僕はなんとも思いませんでした。母もわかっていたのでしょう。僕がうつることなど気にもしていない事を。

母が弱っているのは一目でわかったので、僕は、

「ママ、梅肉卵のお粥を作ってあげるわ」

と、キッチンに行きました。梅肉卵のお粥は、僕がお腹を壊したりすると、月子さんがよく作ってくれたので、作り方は教わっていました。

キッチンでお粥を作っている時に思い出しました。僕はフロリダを出る時に、黄緑色のパンダのお箸を鞄に入れてきた事を。積丹の家に着いてから、僕は胸がいっぱいで忘れていました。そして、それをそっと、お箸の並んでいる引き出しに入れました。

母は、僕が作ったお粥をゆっくりと食べて、

「圭くん、天才やな〜。この家で、岬粥、いう名前で、お粥屋さんやったらええわ」

と、弱く笑いました。

僕はその後、母のコロナがうつってしまうことなど気にもせず、ずっと母のそばに居ました。その時、母が僕に話してくれた事は、あまりにも衝撃的で、どう受け止めるべきかわかりませんでした。

それは、母が月子さんのお腹の中にいた時の話でした。いや、もっと厳密に言うと、月子さんの産道を通って外の世界へ出ようとしている時のお話でした。

すごく窮屈で、それでも早く外に行きたくてグルグル回ろうとしていたら、足の裏を誰かが押してくれたそうです。そして外の光が見え始めた時に、母は「押してくれた人を連れていかなきゃ」と、戻って手を繋いだと言うのです。誰かと手を繋いだと。

でも、そこからの事は思い出せないそうです。

しかし、二歳になる頃から、色んなことがわかるようになり、自分はずっと一緒にいる誰かがいるとわかって生きてきたそうです。共に食べ、共に遊び、ずっと一緒だったそうです。そして月子さんも話していたように、母のお母さん（月子さん）も、目に見えないもう一人が居ることを認識してくれている感じがあったのだと言います。

では、父はどうだったのかと聞いたところ、父も信じていたと言うのです。「信じていた」と言うことは、父は感じてはいなかったのでしょう。でも、何かしらお土産などは人数より一つ多かったりしていたので、何かを思っていたのだろうとのことでした。

しかし、誰もそのことを口に出して語ったりしなかったのは、何故なのかはわからないそうです。

　そして僕が産まれた頃のある日、その目には見えないもう一人が、はっきりと母の前に現れて、母に言ったそうです。

「つねちゃん。大好き。手を引っ張ってくれてありがとう。今日から私はしばらくの長い時間、少し遠い所へ行かなくてはならなくて、行かねばならないのだから行くね。でも、つねちゃんが困った時とか、つねちゃんが大切にしている人の心に穴が空いた時には、私は力になると約束するから。そして、私がどうしてもつねちゃんに会いたくなる時も来ると思うのだけど、その時は、頑張って会いに行ってしまうかも知れないけど、周りの人を混乱させないように、気をつけて行くね」

と、そう言って姿を消したそうです。

　母は焦って、「どこ行くの！」とだけ叫んだら、

「この世界のすぐそばの、すぐ横の届きそうで届かない所。でも、水が濃い所

から時々すり抜けていけることがあるみたい。だから、またね」と聞こえたそうです。

母は「水が濃い」ってなんだ？　と考えたそうですが、わからずだったと言いました。でもその事は考え続けようと思ったそうです。

その時にだけ姿をはっきりと見たそうですが、自分がぺっしゃんこ顔になる前の顔とよく似ていたような気がするそうです。でも、ちゃんとは思い出せないのだと言いました。

言うまでもなく、その日を境に、常に自分のまわりに居たその人はいなくなったそうです。

僕には不思議すぎて、最初作り話かと思いました。でも、母は真顔でした。そして、こう言いました。

「圭くん。だから。思い出して欲しいのは、圭くんが芦屋のお家のプールで会った人の事を思い出して欲しいねん。ママにそっくりの声の人のこと」と言うのです。

もちろん僕は、その二回の出来事を今も忘れずに覚えています。その人だったと言う事です。恐らく。でも……だから、何なんだろうと、僕は母の思惑が読めませんでした。

梅肉卵のお粥を食べてから、一気にその話をして、母は、「疲れたわ」と言って、気持ち良さそうに僕の手を握りながら眠りに落ちました。僕は、そのままの体勢で母が目覚めるのを待つつもりでしたが、僕も眠ってしまい、目が覚めたら、外は真っ暗の夜になっていました。

薄暗い部屋の中で目覚めて、目が慣れてきたら、母がぱっちりと目を開いて、僕を見ていました。そしてケラケラと小さく笑い、

「圭くん、よだれ出てるで〜、きちゃないな〜」

てから僕はちゃんと笑えていなかったのです。そうして、母はいつも僕を笑わせてくれていた事を思い出せました。

　母は、それから五日後に、少し苦しそうにしていた呼吸をやめてしまいました。僕はずっとそばに居たので、母が楽になったことで、少し良かったと思いました。天の国へと旅立とうと決めた母を、僕は認めることができました。そしてちゃんと天の国へ送ることを決心しました。

　母が、呼吸をやめるその日の朝に、僕はお粥を作ろうとキッチンにいました。そうしたら、後ろから、

「圭くん、お粥はお箸では食べられへんし、パンダのお箸使えへんな」と声がしました。僕は振り返ったのですが、そこには誰もいませんでした。でも、小

さな足音がしていたような気がしました。

　僕は体が硬直し、金縛りのようになりました。でも何とか力を振り絞って、這いつくばるようにして母の寝室に行きました。よく夢で、走りたくても体が重くて全然前に進めない時のような感じでした。

　何とか母の横にたどり着き、

「ママ、今、キッチンに来た？　来ないよね？」と聞きました。そうしたら母が、

「圭くんが、海の見えるキッチンで、私のためにお粥を作っている後ろ姿が見たくてな。でも、歩くと胸が痛くなるから行けへんな……でも見たいなぁって思って想像しててん。そしたらな、ほんまに見えた気がしてん。圭くんがお料理してる後ろ姿が」

と言いました。

　僕はそれを聞いて、ただただ何だか悲しくて、母の手を握り、とうとう泣いてしまいました。母は、僕に握られていない方の手で、僕の背中を撫でてくれ

ました。そしてこう言いました。

「圭くん。芦屋のお家のキッチンから、パンダの黄緑色のお箸持ってきててんな。可愛らしいことするやんか。私は、圭くんのそう言うところが大好きやで」

パンダのお箸は、今回帰ってきた時にそっとキッチンの引き出しに入れたのだから、母は見ていないはずです。なのに……どうして……と不思議でした。でも、もう、僕にとって、母を包む不思議な出来事はあって当たり前に思えていたので、深くは考えませんでした。「何で知ってるの？」なんて質問は、母と僕との間ではナンセンスな会話のように思ったのです。

母は、さっき必死の思いで、キッチンに来ていたのだ。足音だけで。意識だけで。魂だけで。そう思う事が最も真っ当な気がしました。

そして母は、僕の背中をさすりながら、反対の手は僕に握られながら、ため息をつくように最後の呼吸を吐き出し、少し僕の顔を見てから、眠るように亡くなりました。

もちろん僕は、僕の体のどこにこんなに「水」があったのだろうと言うくらいに泣きました。母の枕元が水浸しになるくらい泣きました。

日が暮れる頃に、そんな僕の背後で人の気配がしました。振り返ると、会った事があるような無いような女性が、優しそうに微笑んで立っていました。そして、その人が言いました。

「圭くん。悲しいなぁ。濃い濃い水が圭くんから溢れてて、私は圭くんに会いに来ることができてん。もっともっと泣きなさい。見た事もないくらいに濃い涙をいっぱい流しなさい。きっとママはその涙で浄化されて、ちゃんとコロナ菌をやっつけてから。お浄土しはるから」と。

僕は何も考えられず、その女性のことも不審に思うことすらなく、当たり前にここにいる人のような気がして、かえって安心感があって、思い切り泣く事ができました。その女性が、僕の背中に手を置き、撫で始めました。その感触と、暖かさと、重量感と、香りが、母のそれとそっくりな感じがしていました。

それからしばらくの日々は、その女性が居ないと、僕だけでは何ともなりませんでした。

その女性の名前は摘子（つむこ）さんと言いました。

第三章　濃い水をすり抜けて

語り　幻駄 摘子

私は、母のお腹から出ようとしているときに、先が詰まっていて、先に出ようとしている誰かがうまく出れなくて、もちろん私もその後ろで、「これは私は出られないいな」と思っていました。そのうち、喉は乾くし、身体も乾いてきているような気がして、怖くなってきました。もし出られなかったら、お母さんのお腹の中で干からびて、お母さんの具合が悪くなってしまうだろう。だから何としてでも出なければ！　と、足掻くのですが、何としても、先人がうまく出ることができないでいて、何故か産道で回転しようとしていたのです。

私は、「回転したらだめ！　逆子になってしまって、お母さんも先人も死んでしまう！」と思い、無い力を振り絞って、先人の足の裏を思い切り押しました。

そしたら、先人はスイっと出られることになったようで、私はとりあえずホッとしましたが、今度は自分が出られそうにないので、どうなるのだろう……と、喘いでいました。とにかく喉が渇いて、お水が飲みたいと思っていました。その時、先人が一回外に出かけたのに、戻ってきて、私の手を握って引っ張ってくれました。それで、一緒に外に出る事ができました。

私は喉が渇いてお水が欲しくて仕方なかったのですが、先人だけが産湯に入れられ洗ってもらっていて、お母さんに抱っこされ、おばあちゃんに抱っこされ、お父さんに抱っこされ、お母さんのおっぱいにかぶりつき、迎え入れられているのを、先人の横で見ていました。

私は兎に角、喉が渇いていたので、自力で助産師さんが腕を洗っている水道の水の下に行き、水を飲みました。そうしたら、スッキリしましたが、そこからの記憶がなくなりました。完全に二年程のちゃんとした記憶がありません。

ただ、ずっと私は水の音を、サラサラという水の音を、ぴちゃんぴちゃんという水の音を、ザァザァという水の音を、聞いていた記憶だけはあるのです。

二年程が経った頃に、私は誰かに呼ばれました。どうやら私は「つむこ」と言うらしく、いつも同じ子供の声で「つむちゃん」と呼びかけられるのです。

私はその生まれてから二年程の間、聴覚だけはっきりしていました。五感のうちの聴覚だけで生きているような感じでしたが、「つむちゃん」と呼ばれ始めてからすぐに、世界が見えるようになりました。そして私を呼んでいた子供に会う事ができました。その子の名前は「つねこ」。私はすぐに仲良くなり、つねちゃんと始終一緒にいるようになりました。

つねちゃんはとっても優しくて、そして自由で、明るくて、利発で、素敵な女の子でした。つねちゃんはいつも、私と一緒に食事をしてくれました。一緒にお風呂に入ったりもしました。夜は同じお布団で眠りました。でもお母さんやお父さんやおばあちゃんは、私のことが見えないかのようでした。

でも私のことを見ているような感じもしました。小さな私には、説明のつかない不思議な感じではありましたが、そういう境遇、そういう自分の存在が、私には普通になっていました。


ある日、テレビでプロレスを見ていて、面白かったのでつねちゃんと、プロレスの真似をして遊んでいた時に、私はつねちゃんの足の裏を掴みました。その時、「あ、私が、お母さんの産道で押した足の裏や！　つねちゃんはあの時の先人なんや」と気がつきました。

そしてつねちゃんにその事を話しました。

そうしたらつねちゃんが言いました。

「そやで、あの時押してくれてありがとな」と。

という事は、私の手を握って引っ張ってくれたのもつねちゃんだ。と気がつき

ました。なので、私も、

「あの時、戻ってきて、私の手、引っ張ってくれてありがと」

とお礼を言いました。


そんな不思議な関係でしたが、無邪気な幼少期が過ぎた頃に、私の本当の世界はここではないということを知ったのです。

それは、とある夏の日に、つねちゃんと市民プールで遊んでいた時のことでした。私は、浮かぶより潜る方が好きでした。水の中にいると心も身体も満たされました。水の中で見えるゆらゆらとした世界を見るのも好きでした。なのでその時も私は、プールの中間あたりを漂っていたのですが、その時、水の中なのに、丸い空洞を見つけたのです。それはまるで、水の中に大きなシャボン玉があるような感じでした。

私は、そのシャボン玉のような空洞の中へ入ってみたのです。その途端、普通の世界に自分がポツンと立っていたのです。景色は、だいたい普段と同じような感じです。人も多くいます。樹々も葉をたわわと茂らせ、蝉が鳴いています。私は、いつものズック靴を履いていて、プールに行く時に着ていた膝丈のノースリーブの薄水色のワンピースを着ています。

何だろう……さっきまで水の中にいたのに。と、不思議でした。そしてつねちゃんがいません。お母さんもいません。家はすぐそこにあるのですが、金縛りのようになって動くことができません。

どれくらいの時間、そこに佇んでいたのかわかりませんが、夕立のような物凄い雨が降り始め、やっと私は動き出すことができました。走りました。すごい勢いで走りました。あまりにも雨が強くて前が見えにくかったので、何かにつまずいて、転んで川に落ちました。

水の中は大好きなので、気持ちいいな~と思った途端、またプールの中に戻っていました。不思議でした。でももっと不思議だったのは、プールサイドに上がって気がついたのですが、私はもう子供ではなく、大人になっていたのです。

それから私は、つねちゃんとは時々しか会えなくなりました。時々というと語弊があり、たまたましか会えなくなったのでした。

その状況がわからず、私は多くの文献を読んだり、病院へ行ってみたりしました。詳しいことは分かりませんでしたが、どうやら私は、つねちゃんたちが生きている世界のすぐそばの、同じような世界の方でだけ、普通に姿、形があり、生きているということだけは分かりました。

とある学者さんが、「パラレルワールド」と教えてくれました。それはつねちゃんたちが住む世界のすぐそばに並行して存在している世界で、決して交わることのない関係だそうです。想像するためにこんなことも言っていました。

長いトンネルには「先進坑道」と言って横穴がある。本坑のすぐ横にもう一つ並行するトンネルがあるらしく、本坑の工事の前に、その先進坑道を掘って、地質調査をしたりする。本坑と先進坑道は決して交わる事はなく、すぐそばを最初から最後まで並行している。所々に抜ける為の扉があるが、でもそれはどうしようもないことが起こらない限り使われる事が無い。パラレルワールドっていうのはそんな感じの世界だと思ってみたら分かりやすいかなと、絵を描きながら説明してくれました。

そしてその学者さんは、こうも言いました。

「キーワードがあるんだよ。あっちの世界に抜け出すための。でも、そのキーワードは、特別な出生をした人しか持たないんだよ。でも、君はどうやら持っているんだね。実は僕も持っている一人なんだよ。僕の場合は風なんだけどね」と。

その学者さんは、きっちり南東の風が風速三十メートル丁度になった時に、隣の世界へ行けるそうです。そんな時って結構あるのではないかと思いましたが、寸分の狂いもなく、南東の風が風速三十メートルという状況っていうのはなかなかないそうです。

では、私のキーワードは何だろう。と考えました。学者さんと、生まれてからそこまでの経緯の話をしていたら、

「君のキーワードは、水だね。しかもただの水ではないと思うよ。濃い水なんじゃないかな」

と言いました。私は、聞きました。

「濃い水って何ですか」と。そうすると学者さんは、

「人の気持ちや、心や、命が多く関わっている水で、それは恐らくかなり動きのある水なんじゃないかなと推測する」と言いました。

私は、長きにわたり、すぐそばの並行したところにある世界を行ったり来たりしました。どうしても会いたくなる人がいて、行く場合は、必死になってそのチャンスを窺いました。

大雨の続く日々の最後の方の日。
プールや海でその人が過ごしている時。
その人が悲しくて沢山の涙を流している日。
限られた、「濃い水」に関わる時を逃さないようにしました。

つねちゃんに、子供が産まれて（その子の名前は圭君と言って、とても素直で利発な、心の綺麗な、そして逞しい男の子でした）嬉しかったです。圭君が産まれ出る時も、私はそばにいました。圭君を守っていた羊水が私を導いてくれたのです。つねちゃんは、私がいることに気がついていたようです。そして私がとても喜んでいて、涙を流していたことも。

しかし、私はその頃に、つねちゃんや圭君が住む方の世界へは、行き来しなくなりました。特に、つねちゃんには会えなくなってしまいました。つねちゃんと命が繋がっている圭君とつねちゃんの関係に入りにくくなったのです。不思議でした。時折、圭君や、つねちゃんのお友達には会えたのですが、つねちゃんには会えませんでした。

私は不思議に思い、以前パラレルワールドの事と、「濃い水」の話をしてくれた学者さんに会いに行きました。

台風のやってくる直前の、風の強い、サウナのような暑さのする日の午後でした。

その学者さんもずいぶん歳を召されていて、見た目が「おじいさん」になっていましたが、眼光は強いままでした。そして、初めて会った日に、学者さんの大きな机の隅っこに、少しブルーがかった、ラムネのシールが半分剥がれた古い瓶があったのですが、その日も同じ場所に、その瓶は存在感を持って鎮座していました。私は、なんとなくその瓶を見たことがあるような気がしました。でも思い出せませんでした。

眼光の強いおじいさんになった学者さんは、こう言いました。

「君と、命がつながっていた、そのつねちゃんという人に、子供が産まれて、君とつねちゃんの関係以上に、強い命のつながりを持つ人間が産まれた。パラレルワールドでは、強いつながりを持つ二人以上の人間が、同時に会えることが難しくなるんだよ。無理に三人で会うことになると、時空がねじれてしまって、こっちの世界とあっちの世界がパラレル、いわゆる並行でなくなってしまって、少しずつ離れていってしまうんだよ。そうすると、僕や君のように、行き来している人間、みんなが、全体が、行き来しにくい状況になってしまうんだよ。わかるかな？　だから、君はもうつねちゃんには会わない方がいいかもしれない。その代わり、そのお子さんには、逆に会わなければならない。それは、君にもそのお子さんを守る使命があるからなんだよ。いつか、そのお子さんがとても困った時には、君が助けてあげなければならなくなる。その日の為に、時々会いに行って、合わない辻褄を、合わないままの辻褄としながら、受け入れてもらう準備をしなければならないんだ。だからそのお子さん、圭君と言ったね。圭君には時々会っておきなさい」


眼光の強いおじいさんの学者さんは、時折立ち上がって、窓を開けたり閉めたりしました。私は、思い出し、話の途中で、

「もしかして、丁度いい風を見つけようとしているのですか?」と尋ねました。

「そうだよ。僕はずっと風を待っているんだ。大切な人に会いに行けるチャンスを逃さないようにね」と言いました。

「学者さん。あなたの大切な人ってどんな人なんですか?」と私は不躾に聞いてみました。そうすると、

「それは、言えないよ。でも私には二人大切な人がいて、一人は、こっちの世界とあっちの世界を既に行き来しているから、会えるのだけど、もう一人が、あっちの世界のみで生きている人でね。……いや、もう私の話はやめよう。い

つか時間ができたら、お互いの行き来の話をゆっくりとできたらいいね」と眼光の強いおじいさんの学者さんは言いました。私は、「そうですね。学者さん。だから長生きって大切ですよ」と言いました。

全ての話を聞き終えて、心が落ち着きました。私には苦手なことがいくつかありました。それは、リスクのあることに挑むこと。ノイズ音。人との諍い。怒る人。そして、公共のスリッパ。

中でもリスクのあることが嫌いだったので、すんなりとその話を受け入れ、つねちゃんにはもう会えないことを受け入れました。しかし、最後にそのことを、もう会いにいけなくなることを、つねちゃんに伝えたかったのです。

九月、残暑の中、まだつねちゃんはきっと、庭のプールの水は張ったままだろうし、暑さによれば、まだプールに入ったりするだろうから、そのチャンスを逃さないように待ちました。

その日が来て、やはりすんなりはあっち側に行きにくいと感じながら、それでもつねちゃんに会うことができました。

「恐らく、しばらくか、もしくはずっと、つねちゃんには会えない。でも、つねちゃんの大切な人が困っていたり、悲しんでいる時には、必ず力になりにくるからね」

というような事と、お母さんの産道で手を引っ張ってくれたことのお礼を言いました。

私も、そう長くは滞在できない境遇だったので、戻ろうとした時に、つねちゃんは、大きな声で何かを叫んでいました。私も何かを答えた記憶があるのですが、そこの会話のことは、何故か全く覚えていません。

その後、その事を伝えに、眼光の強いおじいさんの学者さんに会いに行きました。報告もあったのですが、私はもっとその学者さんとお話がしたかったのです。いや、聞きたいことがあったのです。それは、学者さんは、誰に会いにあっち側に行く機会をうかがっていたのかという事でした。そんなことを聞くのは、不躾であることは分かっていたのですが、何となく、もしかしたら、学者さんも、つねちゃんと関係があるのではないかという気がしてならなかったのです。ただの「勘」なのですが。

私の不躾な質問に、眼光の強いおじいさんの学者さんは、

「言わないでおこうとは思っていたんだけど、君が感じてしまったのであれば話そう。でもきっと驚いてしまうと思うから、覚悟してくれるかい」

と、楽しそうに笑いました。その笑い声を聞いて、私は、ドキンとしました。何故なら、それはずっと昔過ぎて忘れていたのですが、父の笑い声だったからです。それで私は思わず、

「お父さん」

と言ってしまったのです。

そう、その学者さんはお父さんだったのです。海の事故で亡くなってしまった、あのお父さんだったのです。

第四章　母のいなくなった積丹の家で

語り　幻駄 圭

母が息を引き取って、僕は涙まみれになり、そこに摘子さんという女性が現れて、僕の背中を優しく撫でてくれた日から、何日が経ったのでしょう。

今、母は小さな箱の中です。あのぺっしゃんこ顔も、笑い声も、温かな手も、もう僕には見ることも触ることもできなくなりました。

お葬式もしめやかに行われ、母が真っ白な骨だけになってしまった時に、僕はまた、水浸しになりそうに泣きました。摘子さんはその時も僕の背中を撫でながら「濃い涙ね。沢山沢山流しなさい」と言いました。

雅美さんも靖子さんも浩江さんも、三人揃って積丹まで来てくれました。きよひ子さんは、お手伝いさんだったミユキさんと来てくれました。その際に僕は初めて知ったのですが、きよひ子さんとミユキさんはいつの間にか結婚をしていて、小さな女の子を連れていました。そして驚きだったのは、芦屋の家を引き払った後の、二人のことは心配しなくてもいいからと母が言っていたのを思い出したのですが、その策は、きよひ子さんとミユキさんの仲を取り持ち、なんと、芦屋の家を、とある芸能人に買い取ってもらって、二人をそのまま、あの芦屋の家の使用人として住み込みで働かせてもらうことにしていたのだそうです。

その話を聞いて、僕は何だか笑いが込み上げました。母は、死んだ後にまで、こうやって僕に笑いをプレゼントしてくれるんだと思いました。

僕は、母の遺骨をペンダントトップに入れることにしました。それまでは、母の写真を入れたロケットペンダントをしていたのですが、流木でできた、小指の第一関節ほどのサイズのボトルのような形をしたペンダントトップを買い、そこに少しだけ母の真っ白い骨を入れました。後の骨は、摘子さんが、納めるところに納めるから心配しなくていいと言ってくれました。そして、「圭君は、そろそろテニスに戻った方がいいんじゃないのかな?」とも言ってくれました。僕もそう思っていました。でも四十九日までは積丹にいようと思いました。母がちゃんとお浄土できるように。

摘子さんとの毎日は、僕にとって不思議な感じでした。まるで母との時間が続いているような感じさえしました。そして積丹の海が真っ青に光る日に、摘子さんは、「話しておきたいことがあるのだけど、それは容易ならぬ話で、とても時間がかかるかもしれないが、ゆっくり聞いてくれるかな」と言いました。

僕は摘子さんと、海の見えるテラスで、お茶を飲みながらその話を聞きました。

母と摘子さんの出生の話。

幼少の頃毎日一緒に過ごしていた話。
でも母にしか摘子さんは見えていなかったという話。
でも、両親は存在を認めてくれていたという話。
眼光の強いおじいさんの話。
パラレルワールドの話。
プールで僕と会った話。
濃い水の話。

僕と摘子さんは、海の水が岩に当たる音を聞きながら、お茶を飲み、日が暮れるまでテラスにいました。
そしてその話の最後は、眼光の強いおじいさんの学者さんは、母と摘子さんのお父さん。会ったことのない僕のおじいちゃんだったという事を聞きました。

「摘子さん、話してくれてありがとう」

と、僕はお礼を言いました。その話を聞くまでもなく、摘子さんは母のすごく近い、それは命を分けあったような近い存在の人で、わざわざ聞くまでもないような気持ちではいたのですが、想像を遥かに超える内容でした。

そして、続けて僕は聞きました。

「摘子さんは、その、あっちの方の世界には戻らなくていいの？　っていうか、行かなくていいの？」と。そうすると摘子さんは、

「いいの。私は、わりといつでも行き来できるから、ずっとここにいても何の問題もないの。あなたのママ、つねちゃんがいなくなったから、三人で会うことはもう不可能だし、それは寂しくて仕方がないけれど。あ、私は、圭君を含んだ三人で食事をしたりしてみたかったの。でもね。言い方がややこしいけれど、実はお父さんだった、眼光の強いおじいさんの学者さんが言っていたように、私たち三人で会うことはご法度だったからね。でも、今は圭君と私の二人

だから問題はないの。だから、ずっとここにいてもいいし、あっちとこっちを行き来してもいいの」そう言いました。

僕はいちいち「眼光の強いおじいさんの学者さん」と、摘子さんがいうのが少し面白かったのですが、いちいち面倒臭いから、こういう話をするときは「お父さん」でいいよ。と言いました。

そう摘子さんは言いますが、「濃い水」が溢れているところからしか行き来できないわけで、それはどういう感じかわからなくて、聞いてみると、

「ここはすぐそこに、あんなに真っ青で、つむちゃんの心が漂っている海があって、水が溢れてる。だからとても行き来しやすいの」と言いました。

「でも、今回つねちゃんが、あなたのママが息を引き取って、すぐにここに来れたのは、海の水のおかげではなくて、圭君から溢れ出ていた、とても綺麗で

濃い涙のおかげだったの」との事でした。

僕は全て理解したわけではありませんでしたが、一通りの摘子さんと母のことは理解したつもりでした。

僕は月子さんの話を思い出しました。母の子供時代の話をしてくれて「不思議な子だった」と言っていた事を。

四十九日を迎え、母ときちんととお別れをして、摘子さんに行ってきますを言い残し、僕はアメリカへ、テニスの世界へ戻りました。母の小さな骨を首にぶら下げて。

第五章　最後の日の出来事

語り　幻駄 津猫

まさかの事態でした。私は、もう回復することはないと、自分のことは自分でわかるので、そう思っていました。

もちろん優しい圭くんは、なんと、お友達の自家用ジェットで、ひとっ飛びでアメリカから丘珠空港にランディングし、タクシーを飛ばして積丹の家に来てくれました。

まさか。の中にはもう一つあります。こんな事で、圭くんが初めて積丹の家に来ることになる。という事でした。私は、この家でやりたいことが沢山ありました。それも圭くんと過ごす際にやりたいと思っていることが多かったので、そのどれも、その一つもできないのに、こんな形で、圭くんがこの家に帰ってくることは、理想に反していました。

でも、これが事実なのだと。これがそうあるべくしてある姿だったのだと思うしかありませんでした。

圭くんは、家の中をゆっくり見ることもままならず、私のそばに寄り添ってくれました。最後に会った時より、圭くんは肩幅が大きくなり、顔の骨格が少しゴツゴツしていて、夫によく似てきていました。私の手を握ってくれるのですが、掌が、豆のようなものだらけで、全体の皮もかたくて、テニスを頑張っていることが伝わってきました。

優しい息子は、私の為にキッチンに立ち、私が食べやすいものを作ってくれました。

野菜を煮込んだスープ。果物をミキサーにかけて、ヨーグルトを混ぜたスムージーのようなもの。温かいお粥。どのお料理もキラキラしていました。

圭くんはお料理に割と時間をかけるのです。圭くんがキッチンに行っている間、私は、圭くんがキッチンで立てる音を聞いていました。まな板と包丁がぶつかるトントントンという音。何かをかき混ぜる時のカシャカシャという音。食器を選ぶために、キッチン棚のお皿を吟味するときのカチャカチャと言う音。その音たちは、私を起こすまいと、できるだけボリュームを落としたBGMのようでした。そして、階段をおりてくる圭くんの足音。トントントントントントントントントントントン……。優しい足音でした。

圭くんがキッチンにいる時に、時々父や母の空気を感じました。今までそのようなことはなかったのですが。

そしてその日は、日本列島に台風が来ていて、いつもなら本州の途中で温帯低気圧に変わって、北海道まで台風が勢いよくくることは滅多にないのですが、勢力を弱めず北上していました。

私は台風の日も好きです。ただ積丹に来てから、台風に遭遇していなかったので、台風の海を見てみたいと思いました。でも、もう起き上がることができない程に、私は弱り果てていました。想像するしかありませんでした。風が窓を叩き、雨が窓を濡らしていました。雨の量も多く、風はかなり強く。

私は、窓ばかりをみていました。そうすると、私の背中を優しくさする人がいるので驚きました。圭くんはキッチンで音を立てています。この家には二人しかいないはずです。私は、寝返りも打てずにいたので、小さな声で「誰？」と尋ねました。そうすると。優しい男の人の声で、

「つねこ。大丈夫だからな」と言いました。紛れもない父の声でした。私が小学生の時に、海に消えた父の声でした。私は、

「なんで？　どうしたん」と聞いたら、父は、

「やっとくることができたよ。南東の風が風速三十メートルになったからね」

と言いました。

「何？　それ」と私は聞きました。父はこう言いました。

「お父さんはね、台風の日に漁に出て、南東の風、風速三十メートルと言う突風が吹いた時に、海に投げ出されてしまったんだよ。そしてね、そのままだったね。家にも帰れなかった。何日も海の中をゆらゆら彷徨っていたらね、お父さんの手を小さな手が捕まえるように握ってね。すごいスピードで引っ張られたんだよ。でね、海の中にシャボン玉みたいな、空気の穴みたいなのがあって、そこに入って行ったんだ。そしたら、普通の世界に立っていたんだ。不思議だった。お父さんをその世界へ連れて行ってくれたのは、小さな女の子で、つねこと同じ年恰好の子だった。意味がわからなかったけど、とりあえず、海の中を彷徨っているよりは陸の方が良かったから、その女の子にお礼を言って別れたんだ」

　私は、その女の子はつむちゃんだとすぐにわかりました。

「お父さん。それ、その女の子はつむちゃん。摘子いうて、私の命をこの世界

へ押し出してくれて、手を繋いで一緒に出て来た子なんやで」と私がいうと、お父さんは、

「うん。すぐにわかった。本当はわかっていたんだけど、お互いそんなことは話さなかったんだよ」と言いました。

その女の子は、すぐにお父さんの手を離して去ろうとしたそうですが、お父さんは、その女の子の背中に向かって、

「ありがとう。君は、私の娘と命が近い子だね。君に会えて嬉しかったよ」と言ったそうです。そうするとその女の子は振り返って、頷くこともなく、ニッコリと笑って、「またね」と、薄水色のワンピースの裾を翻して走り去ったそうです。

お父さんは、私の背中をさするのをやめて、私の顔の見える方に来て、手を握りながら、いろんな話をしてくれました。

女の子が連れて行ってくれたその世界は、パラレルワールドで、この世界のほんのすぐ横にある世界であること。その世界では全員の寿命が百歳であるという事でした。その世界だけが生きる世界である人と、その世界と私たちの生きている世界を行き来できる人の二種類の人間がいること。

「それでね。つねこ。私はその後者でね。行き来できるうちの人間なんだよ」

と言いました。

父のキーワードは「風」だという事でした。父が漁に出て、突風に煽られ、海に落ちてしまった時の状況が「南東の風、風速三十メートル」だったそうです。それと同じ、全く同じ風が吹いた時に、こっちの世界にくることができるという話でした。しかし、風速三十メートルの風は結構強い風です。台風でも来ない限り、そこまでの強風は来ません。だから父は、つむちゃんのように、頻繁には行き来できなかったそうです。

父は言いました。

「君にね、つねこにね、会いたかったんだよ。いつもいつも。だから私は台風を待ち侘びていたよ」と。

しかし台風が来て風速三十メートルになっても、きっちり南東の風というのは望めないのです。台風の時は風が回るからです。しかし、今日、その条件が一致したというのです。やっと会いにくることができたそうです。父は台風でない日でも、南東の風と風速三十メートルの強風を待ち侘び、まめに天気図を見、冬の日でも時折窓を開けて、空を見上げていたそうです。

父はそこまで話し、私に少し眠るように言いました。でも私は、眠っている間に父がいなくなったらどうしようと思い、眠れませんでした。でも目を閉じ、じっと沢山の音たちを聞いていました。

圭くんがキッチンで立てる音。風と雨が窓を叩く音。海の唸り。そして父が動くたびに布が擦れるカサカサという音。

そんな音を聞きながら、父にもっと聞きたい。話を聞きたい。と思っていました。なので、目を開け、父を呼びました。

「お父さん。それで、向こうの世界で、つむちゃんとは会ってたん？　それと、お父さんは向こうの世界に行ってから、学者さんになったって話やけど、それってどういうこと？　それと、向こうの世界にお母さんはいるん？　それと圭くんの……」

私は、最後の質問はやめました。

父は、向こうの世界でつむちゃんとは、なかなか会えなかったそうですが、つむちゃんが、二つの世界を行き来していることを解明したくて、そのことに詳しい学者さんを探していて、父に巡り合ったそうです。でも、時が流れすぎていて、つむちゃんは父を父と分からなかったそうです。父の方はといえば、最初に電話があったときに、声を聞いてすぐにわかったそうです。

二つ目の質問の返事は、父は、自分が小さな女の子に海の中で空洞に連れて行かれ、この世界に来たことを解明したくて、様々な人に会い、様々な文献を読み、時には高貴な僧侶に会って話を聞いたりして、いわゆるスピリチュアルの世界の研究者になったそうです。

三つ目の返事は、お母さんとは会えていないということでした。お父さんが言うには、おそらくお母さんは、また別の世界へ行ったのだろうと言うことでした。

「つねこ。とにかく眠りなさい。そうすることで、少しでも圭君と過ごす時間を引き伸ばせるから。眠りなさい」と、私の腕を優しく撫でてくれました。それは私が、子供の頃、眠れない時に父がいつもしてくれた、魔法のサスサスでした。

目が覚めたら、圭くんが私の手を握っていました。私がキョロキョロと目を

動かすので、圭くんが、

「どうしたん？　キョロキョロして」と言いました。私は、父を探していました。

「あんな、さっきな、圭くんがキッチンにいてる時にな、お父さん……あ、私のお父さんな。圭くんのおじいちゃんや。そのお父さんが来たはってん。お父さんな、つむちゃんと同じ世界に居はるらしくてな」と、ことの成り行きを説明しました。そうしたら、圭くんが、

「あぁ、僕もさっき会った。キッチンに来はってん。初めまして、言うて挨拶してくれはってな。少し話した」と言うのです。私は、

「何話したん？」と聞いたら、

「一つは、ママのお父さんだよって言うてた。もう一つは、僕のママに会えて嬉しかったたって事。もう一つは、しばらくこの世界にいるって言うことやったかなぁ。それともう一つは、摘子さんももうすぐ来るらしいけど、あ、それはおそらく来ることになると思うって感じやったけどね。摘子さんとママのお父

さんは、こっちの世界では会えへんって言うてた。向こうの世界の人同士がこっちの世界で、その状況を分かりながら一緒に過ごすと、すごい勢いで時空がねじれてしまって、存在そのものがなくなってしまうって言うてた。……難しいけど、僕は理解しているつもり。そんなとこかな」と、圭くんはわざと、少し軽い感じで話してくれました。

圭くんが父と会えたことを、私は嬉しく思いました。圭くんに、ママのお父さん、どうやった？　と聞いたら、

「どうって言われても、最初幽霊かと思って、内心ビビった。でも、あまりにも存在感ありすぎて、すぐに、摘子さんと同じ世界の人なんやろうなって思った」

「ちゃうねん、そう言うことと違って、見た目の感じやん」

「え、だから幽霊……」

「違うって、ほら、カッコええとか悪いとか、優しそうとか怖そうとか、誰かに似てるとか、そういうやつ」

「あぁ、カッコよかったカッコよかった！　まさに、海の男って感じ。父上とは違う感じのカッコええ親父っていうのかな。そやな～裕二郎みたいやった」

そんな会話をしているときに、父は音も無く、圭くんの後ろにある、私の一番お気に入りのハンス・ウェグナーの革張りの椅子に腰掛けて、その会話をニコニコしながら聞いていました。


台風の勢いは勢力をまだ弱めず、すごくゆっくりとしか進んでいない様子でした。まだお昼だというのに部屋の中は薄暗く、窓から見える空は、ベルリンで見たような鈍色でした。

私は、圭くんが作ってくれたマンゴーのスムージーを少し口にしました。それと、私は豆皿を集めていたのですが、その中でも一番小さな豆皿に、親指の爪ほどのサイズの握り寿司が二つのっていました。一つは、マグロの大トロ、もう一つはウニのお寿司でした。その二つをいただきました。

私が「懐かしい」と言ったら、圭くんも「僕も懐かしい」と言いました。芦屋の家にいた頃、日本最古のお寿司屋さんに、家族三人で行ったものでした。そこで子供の圭くんにと、よく大将が小さな握りセットを作ってくれたのです。

お昼を食べた後、少し眠り、目覚めたら、台風の目なのか、晴れ間がのぞいていました。きっと海は今、蒼く見えるんやろな。見たいなぁ。キッチンで夕飯の下拵えしてる圭くんの後ろ姿も見たいなぁ。でも、もう動けへんわ。と思っていた時に、父が私をお姫様抱っこして、キッチンへ連れて行ってくれました。どうやら、圭くんには見えないようでした。私たちの姿が。

父は、声を出さず頷き、顎をしゃくって、キッチンに近づいて引き出しを開けるよう、身振り手振りで私に合図しました。不思議なことに、私は体が軽くていつも通り歩けました。圭くんの立っている横の引き出しを開けたら、そこに、黄緑色のパンダ柄の子供用のお箸が一膳入っていました。圭くんが子供の頃、宇治橋商店街で、月子さんに買ってもらったお箸。圭くんは芦屋の家から持ってきてたんや。と驚きました。

そしてそっと引き出しを閉め、父に抱き抱えられ、階段を下り寝室へ戻りました。

ベッドに横になったら、段々身体が軽くなって、涙が出てきました。

そして、私は、それから数分の後に、息をするのをやめました。圭くんが私の手を握っていました。父が横に座っていました。私は、その光景を窓辺のお気に入りだった椅子に座って、ゆらゆらしながら見ていました。「とうとう、お別れかぁ」と諦めました。

圭くんが泣いていました。びっくりするくらいの涙の量でした。慰めてあげたくてそばまで行くのですが、私の手はもう圭くんをすり抜けるばかりで、背中をさすってあげられません。何度もやってみたのですが、すり抜けるばかりです。そうしているうちに、つむちゃんが階段を上ってきました。そして、圭くんの背中を撫でてくれました。

私は、大きな声で、
「みんなありがとう！　みんな大好きやったで！　いつかまた会おなぁ～～～」
と叫びました。その時、圭くんだけが一瞬振り返りました。

あ、届いた。さすがやな。息子。

第六章　二人の娘と一人の孫

語り　津猫の父

台風の日に海に投げ出され、海中を彷徨っている時に、私は、生きている時には会うことのなかった不思議な存在の娘、摘子に助けられ、パラレルワールドの向こう側の世界へ行きました。妻、月子と娘、つねこがいる方の世界へは、もう簡単には行くことができませんでしたが、台風が来て条件が揃うと、私はあちら側の世界へ行っていました。しかし、あちら側の世界では、私の場合は姿がなく、幽霊のようなものでした。誰も私の存在には気がついてくれませんでした。

それを良い事に、つねこの学校へ忍び込んで、つねこが学習する姿を見たり、お友達と遊んでいる姿を見たり、とある時は、ベルリンにいるつねこの棲家でのんびりしたりしました。気楽なもんでした。そうそう、時には孫の圭君の所へも行きました。素晴らしいテニスプレーヤーになっていました。

そんな感じではあったのですが、その状況を文献として残しておきたくて、パラレルワールドを行き来している人たちにたくさん会って、いろんなケースがあることを書き記していきました。

行き来するキーワードが、私の場合は「風」です。摘子は「濃い水」です。その他に、

「音」

「光」

「香り」

様々でした。でも一番変わっていたのは、やはり摘子の「濃い水」でした。ただの「水」ではないからです。しかし摘子は、中でも一番当たり前の存在として、両方の世界で存在でき、振る舞えるすごい人間でした。

こっちの世界からあっちの世界へ時空を超えて、帰ってこなくなった人もいます。それは向こうで生きているのではなく、様々な悪条件が発生し、存在するらなくなってしまった例です。

私はそういうことが起こらないように、文献を作り、そういう人たちに注意喚起をしました。そして、間違ってもらいたくないのは、私が普段存在している方の世界は、天国とかそういうところではないということです。私は、海難事故で命こそ失いましたが、たまたま、摘子が私のことを求めていたのと、渡さなければならない物があったから助けてくれて、この世界でまた「生きて」いるのです。

妻であった月子は、お浄土しました。つねこの夫も同じです。僕の生きている方の世界で探し回ったとしても、会うことはありません。もう一度言いますが、天国のようなところではないのです。

なので、つねこが息を引き取って、こっちの世界にくるのか、それともお浄土するのか、それは私にはわからないのです。

漁師の仕事をしている時に、親友のような存在だった、同じ船に乗っていた亀田という男も、私が事故で海に落ちた次の日に、同じような事故で命を落としました。

亀田はどういう訳か、今私と同じ世界にいます。今は、ヨガのスペシャリストになっています。亀田は、行き来できない類の人間です。じゃあそれって死後の世界だろう。って思われがちですが、そうではないのです。この世界では歳もとります。百歳までは生きますが、百歳で存在が消えます。実際そうでないと、人口が溢れてしまうのでしょう。

説明をするともっと沢山のことがありますが、今や、私には全て普通のことです。

私はいつもいつも娘に会いたかったです。つねこに会いたかったのです。会って話がしたかったし、その手を握ってあげたかった。逆上がりを教えてあげたかった。海での泳ぎ方も教えてあげたかった。小樽の山にスキーにも連れて行ってあげたかった。でも何もできないままだったから、せめて、つねこの最後の日には会いたい、できる限りのことをさせてあげたい。そう思っていたら、台風がやってきて、たまたま会いに行けました。

つねこも、孫の圭君も、私の存在を自然に受け入れてくれました。その事に関して、凄いなと思いました。

何より圭君が素晴らしかったのです。最初は驚いた顔をしていたのですが、すぐに何かに気がついたように、肩の力を落として、にこやかに私と話をしてくれました。つねこが素晴らしい母親だったんだろうなと、想像がつきました。

私は、その孫の圭君とナイショの話をしました。それは、私が宝物にしていて、いつもポケットに入れているつねこからの手紙の話でした。

それは、つねこが海で行方不明になったまま帰らなかった私にと宛てた手紙で、どうやら海に流したようです。それは、少しブルーがかった綺麗な瓶に入っていました。うまく剥がしきれない「ラムネ」と書いたシールが半分残っていて、それさえも愛おしかったです。

私がそれを手にすることができたのは、海の中を彷徨っている時に出会った女の子、摘子のおかげでした。海の中で手を引かれ、空洞の中に入って、向こうの世界に到着した時に、摘子が、

「はい、これ、きっとあなたの物ですから」と手渡してくれたのです。

その手紙はとても短かったです。まるでテーブルの上に書き置きしてあるメモ書きのように短い手紙でした。

おとうさん　どこに行ってしまったの
私はさみしい　お母さんもさみしい
かえってきてほしい　あいたい　つねこ

私はその手紙を肌身離さず持っていました。もうボロボロです。

その手紙を圭君に見せました。他人に見せたのは初めてです。

圭君はその手紙を見て、

「心のままの手紙ですね。で、やっと会えたってことですか？」と言いました。

私は、

「やっと、ってこともないのだけど、正確にはやっと、だね。それでね、圭君、つねこは、もう半分魂の力がなくなっているようなんだ。最後に君が作ったご飯を食べさせてあげて欲しいんだ。悲しいだろうけど、多分最後のご飯になるだろうから、思い出深いものを少し、ほんの少しだけ食べさせてあげてくれるかな」と言いました。

そんな事を話して、私はつねこのベッドの横に戻りました。そして恐らく柔軟な心と「つねこ。良い息子だね。心も体も健全な青年だね。そして恐らく柔軟な心と思考と判断力を持っているね。素晴らしい人間を育てたね。でも、そろそろお別れだ。お父さんにはわかるんだよ。つねこには何もしてあげられなかったから、せめて、最後にひとつくらいつねこの小さな望みを叶えさせてほしい」と言って、私は、つねこの痩せ細った体を抱きかかえ、キッチンに連れていきました。

「圭君がこのキッチンに立っている姿を見たかったんだろう」と言うと、つねこは小さく頷き、嬉しそうに笑顔を見せてくれました。

じっと、圭くんの後ろ姿を見ていました。そして私の腕から降りて、自力で歩いて、キッチンの引き出しを開けて、嬉しそうに涙を浮かべていました。そして何かをつぶやいていましたが、私の耳には届きませんでした。

それが私とつねこの最後の思い出となりました。

最後の食事を食べ終えて、つねこは最愛の息子と守り守られる形で、結界を挟んでしまいました。圭君の溢れ出る涙の量は驚くほどの量でしたが、私はそれを見て、やはりこの青年は健全すぎるほどに健全だと思いました。

その涙の量を見て、涙の質を見て、そろそろ摘子が来るだろうとわかったので、私はその場を後にしました。

エピローグ

この世には、触れたくても触れることのできないもの。どうしても辻褄が合わないこと。ままならないこと。そんなことが溢れています。

そんなことたちと折り合いをつけるのではなく、どう関わって、どう交わっていくか、そんな術を圭は身につけました。

時として傷つくことを恐れずに、足掻く事も大切だと云うことも知りました。それと、道はたくさんあると言うことも知りました。

その道の中には、決して交わることはないけれども、決して遠く離れてしまうものでもないという、特別な道や世界も知りました。圭の世界は広く豊かなものとなりました。

圭は時々日本に帰国し、積丹の家に行きました。

もっと時々は芦屋の家を訪ね、きよひ子さんとミユキさんと、その娘さんにも会いにいきました。芦屋の家のプールでは、その小さな娘さんが楽しそうに近所の子たちと遊んでいました。住む人は変わっても、父と母と圭が愛した家は、そのままそこにある事が心の拠り所にもなりました。

母が亡くなり、五年程が過ぎた頃に、積丹の家に帰った際に、摘子さんがいました。蝦夷梅雨と言われる頃でした。摘子さんが、

「圭くんおかえりなさい」と玄関に立っていました。圭は、思わず、

「ただいま。ママ」と言ってしまいました。

以前津猫からのエアーメールに、その人に会ったらママと呼んでみて、と書かれていた事を忘れずにいて、そう呼んでみたのです。抵抗はありましたが、

呼んでみたのです。

そうしたら摘子さんは、嬉しそうに涙を流しました。圭は胸が締め付けられ、涙を堪えるのに必死でした。


摘子が圭に手紙を差し出しました。

「いつか、圭君が私の事をママと呼んだ日に、この手紙を圭くんに渡して欲しい」と言われていたそうで、それは津猫から圭に宛てた手紙でした。


圭は、海の見えるテラスで、蝦夷梅雨の晴れ間の時間を選んでゆっくりと封を切りました。

桜の花びらを散らした何枚かの便箋と、黄緑色のパンダの絵柄のお箸が出てきました。

圭くんへ

この手紙を圭くんが読んでいるということは、もう私は、その世界にはいないのですね。圭くん。笑っていますか？　ママの顔を思い出して。

それと、この手紙があなたの手に渡ったと言う事は、つむちゃんのことを「ママ」と呼んでみたと言うことですね。ありがとう。

圭くん、私は知っていました。あなたの横には、私には見えない誰かがいつもいた事を。私にとってのつむちゃんのような感じの存在があった事を。でも存在は少し薄かったようですね。私とつむちゃんの関係ほどには濃くなかったのでしょうかね。私にはよくわかりません。今はどうなのでしょう？　そばに誰かを感じ、共に歩いていますか？

実はね、その事をつむちゃんに聞かされていたのです。その子は、つむちゃんやお父さんと同じ世界にいるそうです。圭くんとそっくりなんですって。そうつむちゃんが言っていました。

圭くん、あなたは多くを語らない性分だったので、その事を私に話してくれた事はありませんでしたが、私は一度だけ、その子に会った事があるのですよ。正確に言うと、見た事があるのです。

それは、大阪でのテニスの大会の時でした。あなたの試合をコートの隅に立って、顔を真っ赤にして応援していたのです。

その子のことは詳しくはわかりませんし、つむちゃんも時々見かけるくらいだと言っていました。

それと、パンダのお箸のことを書きたいと思っていたのです。黄緑色のパンダのお箸。あのお箸を月子さんが買ってくれた時、物をねだったりしない圭くんが、帰りの電車の中で月子さんに耳打ちして、

「また今度、あそこに行ったら、このお箸をもう一つ買って欲しいねん」と言ったそうですね。その子の分も欲しかったのでしょうね。

月子さんは、その翌日に一人でそれを買ったお店に出向いて、同じお箸をもう一つ買ってきてくれたのです。

私は、そのお箸をどのタイミングで、なんと言って貴方に渡すべきなのか、考えあぐねていて、とうとうこうやって、封筒に入れて渡す方法しか思いつかなかったのです。

この手紙を読み終えたら、その子も誘って、二人で、お揃いのお箸で、食事をしてね。つむちゃんはお料理が上手やから、美味しく楽しい食事会にして欲しいです。

ママは、圭くんの事が大好きでした。たくさんの幸せな時間をありがとう。きっとこの手紙を読んでいる圭くんは、風に吹かれて、気持ちよさそうにしていると想像します。

もう一度。

ありがとう。圭くん。そしてさようなら。

ママより

圭はこの手紙を読んで、そのお箸と、キッチンの引き出しに入っているお箸を、ダイニングテーブルに並べました。食事は出来上がっていました。そして圭は、

「ママ、三人で一緒に食べよう」

と摘子さんの手を握りました。

完

あとがき

私の紡いだ架空の物語『げんだつねこ』を手にとってくださった皆様にお礼を申し上げたい。

そしてこんな面白い話、本にしたらええやん。と言うてくれた母にお礼を言いたい。

「コロナのおかげ」と言う人は世の中に割といるのだと思います。私のこの作品はまさにコロナのおかげで始まりました。持て余した時間の妄想の塊と言っていいのかもしれません。そしてもう一つ言えることは、この物語は、著者である私、久慈直子のエキスがたっぷり入っている作品だと言うことです。登場人物一人一人にエキスを注入しました。「完」と打ってからは、登場人物と、もう一緒に暮らせないのかと、ひどく寂しい気持ちになっています。

私は普段冬はスキーの先生。冬以外は子供の体操教室の先生の仕事をしているのですが、多くの人に出会い小さな衝撃をまるで振動のように与え続けるのはとても楽しいことです。老若男女問わず、私は常に主人公の幻駄津猫そのもののように振る舞っています。ガミガミ言わない。とやかく言わない。物事はあるゆる方向から、そして思わずの側面から展開します。それを見逃さないよう、ズームアウトしながら立体的に物事を観察するのです。

津猫と圭君。そして津猫とお父さん。月子さんと圭君。この関係性が全て「優しさ」と「ユニークさ」と「不規則」で成り立っています。もっともっとこの人たちと時間を共に過ごしたかったのですが、また続くにしようと一旦お別れです。

最後にこの作品の中で私が最も愛する言葉が「濃い水をすり抜けて」です。摘子の時空を越えるキーワードの濃い水。プールの水・圭君の涙・または圭君が産まれる時の羊水。私も摘子さんを導くような、濃い水を見つけてみたいと思います。

いつかまた、圭君の語りの中で、津猫さんに会いに行こうと思います。

誰に言うたらいいのかわかりませんが。みなさんどうもありがとう。

http://www.totalski.net/

著者　久慈直子

著者プロフィール

京都府宇治市出身　大阪体育大学卒業
北海道夕張市在住
現在夕張市のスキー場にて完全予約制のスキープライベートレッスンを行っているスキーのレッスンプロ
その傍ら、北海道新聞全道版「朝の食卓」やスキー雑誌などのコラム、またはスキー教程の解説文などの文筆活動も行ってきた。本作『げんだつねこ』は小説のデビュー作となる。

げんだつねこ

2023年1月21日　初版第1刷発行

著　者　久慈直子
発行者　谷村勇輔
発行所　ブイツーソリューション
〒466-0848 名古屋市昭和区長戸町4-40
TEL：052-799-7391 / FAX：052-799-7984
発売元　星雲社（共同出版社・流通責任出版社）
〒112-0005 東京都文京区水道1-3-30
TEL：03-3868-3275 / FAX：03-3868-6588
印刷所　藤原印刷

万一、落丁乱丁のある場合は送料当社負担でお取替えいたします。
ブイツーソリューション宛にお送りください。

ISBN978-4-434-31530-5